아무도 없는 곳을 찾고 있어
searching for a no man´s land

아무도 없는 곳을 찾고 있어

쇼노 유지 지음
오쓰카 이치오 그림
안은미 옮김

어떻게든 해나가고 있어

아무 생각 없이 살아온 연장선으로 대학을 졸업하고 고향인 도쿠
시마현의 여행사에 취직했다. 의욕도 없고 희망도 없이 들어간 회
사는 금세 싫증이 났지만, 딱히 그만둘 이유를 찾지 못해 그냥 질
질 끌며 지냈다. 조직에 매여 있는 것도 부서에서의 업무도 나하고
는 맞지 않아 고통스러웠다.

　　몇 년쯤 계속 다니다 보니 남들만큼 일은 하게 됐다. 하고 싶
은 것도 없고 절망감조차 느끼지 않는, 아무것도 없는 미지근한
매일. 다만 마음이 멈춰버린 자신의 모습을 모르는 체하는 새주
만은 나날이 늘어갔다.

　서른한 살에 결혼했다. 아내는 나와 정반대의 언제나 적극적이고 태양처럼 밝은 사람이었다. 용케 이런 붙임성 없고 무뚝뚝한 남자와 부부가 돼주었다. 서른세 살에 아이를 얻었다. 그때 태어나서 처음으로 한숨만 푹푹 내쉬는 생활은 이제 해서는 안 되겠구나 싶었다. 세상에 나오는 아이에게 이런 꼴을 보일 수는 없다. 삶은 즐거운 일이라고 가르치는 건 부모의 책임이니까.

　그 뒤로 막연한 초조감에 시달리는 날들이 시작됐다. 보통이라면 10대 무렵에 생각하고 고민해야 할 자기 장래를 서른 살이 넘고 나서야 더군다나 결혼해 아이까지 생기고 나서야 궁리하는 자신의 설익은 정신에 스스로도 기가 막혔다.

　이제껏 여행사 영업밖에 해본 적 없는 이렇다 할 밥벌이 기술을 갖지 못한 어중간한 나이의 남자가 무엇을 할 수 있을까?

　자영업을 하는 친구에게 상담도 해보고 나름대로 조사도 해봤다. 무언가를 구매해서 판매하는 장사는 감각이 필요한 데다 가족이 생활할 수 있을 만큼 이익을 내기가 무척 어렵다는 사실

을 알았다. 지금부터 새로운 일을 시작한다면 이익률 높은 제조업
이군, 틀림없어. 그렇게 생각했지만 내 손으로 만들 수 있는 물건
이라곤 하나도 없었다.

이래저래 고민하는 사이, 원래 좋아하던 음식 일에 관심이 생
겼다. 이 나이라도 할 만한 게 있는지 필사적으로 찾았다. 그러다
도쿠시마에 손수 로스팅을 하는 작은 커피 가게가 많음을 깨달았
다. 집 근처에 있는 가게를 몇 군데 둘러봤다. 그저 커다란 기계가
생커피콩을 볶고 있다. 이거라면 나도 쉽게 할 수 있을 것 같아,
심지어 자신이 좋아하는 맛을 만들어내는 멋진 일이잖아. 가벼운
마음으로 커피 로스터라는 직업에 흥미를 갖게 됐다.

속내를 털어놓자면 서른 살을 넘긴 나이에 실력을 갈고닦아
요리사가 되기란 힘들어도 커피 로스터는 생커피콩을 기계로 볶
을 따름이니 지금 시작해도 괜찮겠지 하는 무섭고도 달콤한 마
음이었다.

주말과 휴일을 이용해 손수 로스팅을 하는 가게를 돌아다니

며 커피를 마시거나 커피 교실 등에 참가했다. 어느 날, 여태껏 마신 커피 가운데 가장 맛있다고 생각되는 향미를 만났다. 고베에 있는 '마쓰모토 커피'의 주인장 마쓰모토 유키히로 씨가 만든 커피였다. 나는 큰맘 먹고 마쓰모토 씨에게 커피 로스터가 되고 싶다고 상담했다. 하지만 그 자리에서 그만두라는 말을 들었다.

마쓰모토 씨는 매우 정직한 사람이었다. 커피 업계는 이미 포화 상태에 이르렀고 얼마나 커피가 팔리지 않는지를 알려줬다. 커피로 먹고사는 일이 얼마큼 힘든지 깨우쳐주며 커피 업계에 대해 아무것도 모르는 나의 결심을 단념시키려고 애썼다.

책에서 읽거나 세미나에서 들은 이야기와 완전히 달라서 나는 솔직히 당황했다. 그래도 마쓰모토 씨의 말은 믿음이 갔다. 어딘가의 커피 가게에서 일도 배운 적 없고 생커피콩조차 제대로 본적 없는 처자식 딸린 서른 살 넘게 먹은 남자가 커피 가게를 열까 한다면, 지금의 나라도 어김없이 그만두라고 말리리라.

결국 뜻을 굽히지 않는 내 끈기에 졌는지 마쓰모토 씨는 내

가 살 만한 로스터기를 추천해줬다. 로스터기는 생커피콩을 볶기만 하는 기계다. 상당히 비싸서 커피 로스터가 되지 않는 한 전혀 필요 없는 물건이다. 이상하리만치 그때 나는 로스터기 구매에 어떠한 망설임도 느끼지 않았다. 오히려 어둠 속에서 작지만 빛이 보였다. 그것은 내가 각오를 다졌기 때문. 각오가 없는 사람에게는 빛은 보이지 않는다.

　그렇게 희미하게나마 빛이 보이는가 싶더니 이내 사라졌다. 솜씨가 뛰어나지 못한 까닭에 생커피콩을 볶아서는 버리고 또 볶아서는 버리기를 반복했다. 쉬우리라고 생각한 자신의 어지간한 어리석음을 후회하는 날들이 이어졌다. 눈앞을 가로막은 너무나도

커다란 벽에 멍하니 서 있을 수밖에 없었다. 현실에서 벗어나고 싶은 마음 하나로 시작한 커피 로스터. 이 일에서조차 달아나고픈 심정이었지만, 로스터기를 산 이상 중간에 내팽개칠 순 없는 노릇이었다.

로스팅에 애먹는 와중에 둘째 아이가 태어났다. 더는 미룰 수 없어 본격적으로 가게 자리를 찾아보러 다녔다. 커피 업계는 여전히 안 좋은데, 궁지에 몰린 인간의 행동은 무섭기 그지없구나. 머지않아 집 근처에서 적당한 크기의 점포를 발견했다. 곧장 계약한 뒤 실내장식 공사에 들어갔다. 아직 장사가 될 만한 커피를 만들지 못하는 처지였음에도 나는 가게 오픈 날짜까지 정해버렸다.

내가 내린 커피를 마신 마쓰모토 씨가 진지한 얼굴로 "개업일을 미루면 어때?"라고 말하던 모습은 지금도 잊지 못한다. 나 역시 정말 맛없는 커피라고 생각했기에 죽을 힘을 다해 로스팅에 매달렸다. 가까스로 개업일을 불과 나흘 앞두고 마쓰모토 씨의 합격이 내려졌다. 영락없이 아슬아슬한 상황(사실은 아웃 상황이었지 싶다)이었지만, 이걸로 그럭저럭 해나갈 듯한 기분이 들었다.

마쓰모토 씨한테 들은 대로 커피콩은 도통 팔리지 않았다. 아니, 무엇보다 찾는 손님이 드물었다. 개업 전에는 좋아하는 공간에서 좋아하는 음악을 들으며 자신의 페이스로 일할 수 있다니. 이렇게 행복한 일은 없겠다 싶었건만 한가하면 한가할수록 점점 부아가 치밀었다. 그전까지 주로 밖을 돌아다니며 영업을 해온 나는 기다리는 데 익숙지 않았다. 가게 문을 열고 닫을 때까지의 기나긴 대기 시간은 정말이지 고역이었다. 할 일이 없는데도 그 자리를 떠나지 못하는 건 상상 이상으로 괴로웠다.

다행스럽게도 아예 손님이 한 명도 없는 날은 개점 이래 단하루도 없었다. 가게는 목이 좋다고는 말하기 어려운 장소에 있었지만 매일 몇 명인가 손님이 찾아왔다. 어쨌든 나는 신선한 커피를 적당한 가격에 판매하는 일을 날마다 되풀이했다. 같은 일을 같은 곳에서 같은 시간 같은 마음으로 하고 있자니 자연스레 손님이 늘어났다.

5년이 되는 해, 가게를 옮겼다. 입때껏 매장 안이 아닌 할아버지네 집 창고에 로스터기를 놓아둔 탓에 아무리 영업시간에 짬이 나도 그 시간에 생커피콩을 볶을 수 없었다. 이 문제를 해결하기 위해 자택 겸 점포로 쓸 건물을 올렸다. 그리고 이전을 계기로 음료 판매는 그만두고 커피콩만 판매하는 가게로 바꿨다.

그로부터 4년 후 도쿠시마 시내의 한물간 상점가 귀퉁이에 커피와 잡화 판매는 물론 작품을 전시하고 공연하는 '14g'을 열었다. 넓은 공간이라 직원을 몇 명 두게 됐다. 조직이 싫어 자영업을 시작한 내가 조직을 만들고 있다. 생각해보면 이상한 이야기다. 사람은 변한다. 어쩌면 변하는 것을 성장이라고 하는지도 모르겠다.

나는 내가 경험한 것밖에 믿지 않는다. 자신이 하지 않은 일은, 그것이 제아무리 확실하다고 해도 잘 알지 못한다. 부정한다기보다는 그저 모를 뿐이다. 요식업과 소매업을 해본 적도 없다. 돈도 인맥도 재능도 없다. 게다가 꿈과 희망조차 없던 나였건만 그런대로 자영업자로 10년이나 살아남았다. 스스로 체험하며 몸부림치며 잔뜩 실수하고 실패해왔기에 비로소 알게 된 것이 있다. 앞으로 뭔가를 시작하려고 생각하는 사람들에게 그걸 슬쩍 전하고 싶다는 마음에서 이 책을 썼다.

지방 도시에서 커피 로스터를 10년 해왔을 뿐인 남자의 이야기. 태어나서 이쪽 세계와 타협을 보지 못한 채 악전고투했고 지금껏 서툴러 하루하루 격투를 벌이는 나 같은 인간이라도 어떻게든 해내고 있어. 이 말을 전하고 싶다.

위인이라고 불리는 사람들의 이야기를 듣고 아무리 열심히 이해하고 배워도 똑같이는 죽어도 되지 않는다. 왜냐하면 그들은 노력이란 재능까지 포함한 천재니까.

범인에게는 범인만의 방식이 있다. 일류도 이류도 삼류도 아닌 보통 사람이 자영업자로 살아가기 위해서는 필요한 것이 있다. 우왕좌왕하며 걸어온 내 경험이 조금이라도 도움이 된다면 좋겠다. 꿈과 희망이 없더라도 즐겁고 행복하게 생활할 수 있다. '나답게' 따위의 말에 현혹되지 않고 살아가길 바란다. 어쨌든 열심히 하다 보면 어떻게든 된다. 그것만으로도 괜찮다.

쇼노 유지

회사에서 배운 것들

내가 고향 도쿠시마에 있는 여행사에 취직한 건 거품 경제가 막 꺼지던 무렵이었다. 다행히 그 파도는 아직 지방 도시까지는 닿지 않아서 도쿠시마는 한가로운 시대였다.

입사하자마자 영업부에 배치됐다. 영업부 업무는 기업들을 돌아다니면서 출장 티켓이나 사원 여행을 수주해 오는 것. 그런 일, 대학을 갓 나온 스물두 살짜리 철부지가 갑자기 할 수 있을 리가 없었다. 학창 시절에 여행을 자주 다니지도 않았다. 비행기를 탄 적도 인생에서 한두 번 정도. 그런 남자가 서른 명 이상을 데리고 해외에 나가기도 했으니, 완전 엉터리였다. 보내는 회사도 회사지

만 가란다고 가는 나도 참! 아무 일도 일어나지 않고 끝나서 천만 다행이다.

나는 입사 사흘 만에 여행사 일이 나한테 맞지 않음을 깨달았다. 하지만 그만두지 못한 채 10년 넘게 다녔다. 즐거웠냐고 한다면, 그렇지 않았다. 싫다는 생각만 가득한 하루하루였다.

그래도 지금 떠올려보면 좋은 일이 제법 많았다. 전화 응대, 영수증이나 청구서 쓰는 법, 영업에서의 말투, 회의 자료 만드는 법, 원가 계산 방식, 컴퓨터 사용법, 술 마시는 법 등등. 셀 수 없을 만큼 수많은 기술을 돈을 받아가며 배웠다. 만약 전문학교에 가서 그 모든 능력을 몸에 익히려고 한다면 필시 엄청난 돈과 시간이 들어가리라.

한 가지 후회되는 점은 영업부밖에 경험하지 못한 것이다. 만약 경리부에서도 일해봤다면 자영업을 하면서 아주 큰 도움을 받았을 텐데. 스스로 경리를 볼 수 있으면 경영 스트레스가 상당히 줄어든다.

자신의 가게를 꿈꾸는 사람은 한 번쯤 정규직 회사원으로 근무해보는 편이 좋다. 정규직이란 게 의외로 중요한데, 책임도 크지만 회사원으로서의 은혜도 그만큼 받을 수 있어서다. 큰 회사, 자신이 희망하는 직종, 자신이 사는 동네나 살고 싶은 동네가 아니라도 기회는 꼭 있다. 사회에 나가서 사회와 맞붙어보는 일은 소중한 경험이다.

꿈과 희망만 말하는 사람의 이야기는 아무도 귀 기울여주지 않는다. 반면 지식과 경험, 능력과 자금을 가진 사람이 말하는 꿈과 희망은 모두들 기꺼이 들어준다. 그러니 하고 싶은 일을 할 수 있는 환경을 만들자. 그것이 낭만적으로 살아가는 길이다.

꿈이 없더라도 괜찮아

나는 집 밖에서 커피를 자주 마시지도 않고 커피에 강한 애착도 별로 없다. 무언가에 대한 집착심이 통 없어서 안 되면 금세 포기해버리는 성격이다. 그런데 이상하게도 커피 로스팅에는 열중했다. 어릴 적부터 음악과 소설을 좋아했지만, 재능이 없다는 사실은 중학생 때 어렴풋이 눈치챘다. 그건 노력으로 어떻게 될 일이 아님을 잘 알았다.

처자식이 있는 서른여섯 살 남자가 가장 좋아하는 일을 새로운 생업으로 삼는 것은 위험하다. 좋아하는 일은 취미로 즐기면 된다. 그렇다고 흥미도 없고 싫어하는 일을 직업으로 삼는 것은

괴롭다. 제일 좋은 방법은 그냥저냥 좋아하는 일을 직업으로 선택하는 것. 어딘가 전체를 한눈으로 관찰할 수 있을 정도의 거리감이 있는 일, 나에게는 바로 커피였다.

'자신이 무엇을 할 수 있느냐?' 이것을 알아야 한다. 안 되는 일을 되게끔 노력하는 행위는 얼핏 미담 같아도 돈을 번다는 시점에서 보면 그런 느긋한 이야기도 없다. 이 일, 잘할 수 있습니다. 보통 사람들 가운데서 이렇게 자신 있게 말하는 사람이 얼마나 될까.

하지만 차근차근 생각해보면 반드시 뭐 하나는 잘하는 게 있을 터. 예를 들어 아주 멋지게 웃는다거나 예쁘게 글씨를 쓴다거나 시간 관리가 철저해 약속을 꼭 지킨다거나. 뭐, 별것 아니라고 지나칠 수 있으나 하루하루 저 일들을 제대로 해내는 사람도 좀처럼 찾기 힘들다.

객관적으로 자신을 보게 되면 주위가 달리 보인다. 눈에 들어오는 세상이 바뀌면 자연스레 자신도 바뀐다. 나는 이런 사람이라고 단정 지어버리는 순간 세계는 멈춘다. 개인의 세계는 주관적인만큼 객관성이 꼭 필요하다. 물론 지금 보이는 세상에 만족한다면 그대로 있어도 상관없다. 그러나 지금 보이는 세상에 위화감이 든다면 우선 자신이 할 수 있는 일을 하나하나 세어보자.

　소중한 건 꿈이 아니라 매일의 생활. 자신이 뭘 하고 싶은지 생각하기보단 자신이 뭘 할 수 있는지를 깨닫고 그 일을 착실히 해나가길 바란다. 좋아하는 일만 하며 살아가는 게 꿈이라는 생각은 아슬아슬하다. 일에 꿈과 희망이 없더라도 나로 인해 누군가 웃는다면, 그것으로 충분하다. 일하면서 "고마워"라는 말을 듣기보다 더 기쁜 일은 없으니까.

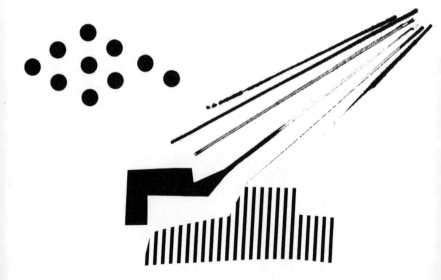

돈은 있습니까?

자기 가게를 내고 싶다는 상담을 받을 때면 나는 제일 먼저 꼭 묻는다. "돈은 있나요?" 지나치게 노골적이라 맛도 멋도 없이 들리겠지만 돈이 없으면 어쩌할 도리가 없다. 뜨거운 꿈과 이상을 이야기한 뒤 "돈은 없습니다"라는 말을 들으면 맥이 쑥 빠진다.

'출발선에 서기 위한 준비가 되어 있느냐 없느냐'는 무엇보다 중요하다. 시작을 하지 못하면 자신이 목표로 하는 곳에는 절대로 다다르지 못한다.

품위가 없다고 생각해서일까. 돈 이야기는 의외로 아무도 꺼내지 않는다. 하기는 나도 예전에는 돈에 딱히 관심이 없었다. 그

러나 무엇을 하든지 돈이 필요하다는 사실을 자영업을 하면서 뼈
저리게 깨달았다.

지금 되고 싶은 것이 없더라도 일단 돈을 모아두길 바란다. 돈
이 있으면 하고 싶은 일이 생겼을 때 곧바로 시작할 수 있으니까.
스스로 일해서 번다, 부모나 친척에게 빌린다, 금융기관에서 대출
을 받는다, 복권 당첨을 노린다 등등. 방법은 뭐가 됐든 상관없다.
아름답지 않아도 괜찮다.

가령 부모로부터 돈을 빌리면 꼴사납다고 여길지도 모르지
만, 장사를 하다 보면 더 꼴사나운 일을 잔뜩 겪는다. 하물며 돈
을 빌린다고 볼썽사나운 것도 아니다. 돈은 때론 그 사람의 신용
을 드러내기에 믿을 수 없는 사람에게는 아무도 돈을 선뜻 빌려
주지 않는다.

대학 생활을 마치자마자 나는 고향으로 돌아왔다. 그리고 결혼할 때까지 부모님 집에 쭉 얹혀살았다. 부모님과 함께 살며 9년간 집세를 내지 않은 덕분에 적으나마 저축을 할 수 있었다. 그 돈으로 로스터기를 구매했다. 독립해 혼자 살았다면 절대로 모으지 못할 돈이었다. 어떤 의미에서는 부모한테 빌린 돈으로 로스터기를 산 것이나 마찬가지다.

무언가를 하고 싶은 사람은 여하튼 돈을 모으자. 앞서 빌려줄 데를 찾아봐도 되지만, 자신의 자금으로 시작하면 마음의 여유가 사뭇 다르다. 게다가 빌린 돈에 정성을 다하기란 쉽지 않다. 항상 두려움을 느끼며 일하는 편이 잘 풀린다. 너무 겁을 먹어서 손가락 하나 움직이지 못해도 곤란하지만. 만약 실패하더라도 좋은 차를 샀다가 실수로 사고를 내서 폐차시켰다고 생각하며 '하하하' 웃고는 다시 열심히 돈을 모아 한 번 더 도전하면 그만이다.

● ● ● ● ● ● ● ● ● ● ● ● ●

세상사는 단순하지 않아

할아버지네 집 창고에 로스터기를 놓아둘 수 있었기에 내 커피 로스터 인생이 시작됐다. 돈을 내고 로스터기를 놔둘 장소를 빌리는 일 따윈 생각조차 안 했다. 당장 돈을 받고 팔 만한 커피를 만들어낸다는 보장도 없는데, 무모한 짓을 벌일 수는 없었다.

그리고 가게를 엶과 동시에 결혼해 살던 아파트에서 나와 가족들과 함께 부모님 댁으로 들어갔다. 나야 집세가 들지 않으니 마음 편해 좋았지만, 아내는 갓 태어난 아이를 데리고 시부모와 한집에서 살았으니 퍽 힘들었을 게다.

당시 나는 아내의 그런 상황을 헤아릴 여유조차 없을 만큼 궁지에 몰려 있었다. 그래서 자신밖에 모르는 유치하고 볼썽없는 결단을 내렸다. 회사를 그만두고 싶다는 일념으로 매우 좁은 시야와 편향된 지식을 앞세워 마냥 나아갔다. 그때 아내의 심정을 조금이라도 눈치챘더라면 커피 로스터가 될 생각을 접었을지도 모른다.

이 경험은 나의 큰 지침이 되었다. 세상일은 어느 쪽이 좋다고 쉬이 정할 만큼 단순하지 않기에 가끔은 너무 생각하지 말고 직감으로 결정할 필요도 있다는 것. 틀릴 때도 많지만 그런 과정을 되풀이함으로써 판단력과 바로잡는 힘이 길러진다.

이름은 소중해, 아알토

딸이 태어났을 적에 구매한 아기 의자는 핀란드를 대표하는 건축가 알바 알토 Alvar Aalto 가 디자인한 것이었다. 의자에 앉힌 순간 그때껏 울어대던 딸이 울음을 딱 그치고 환하게 웃는 얼굴로 기쁨에 겨워 손뼉을 쳤더랬다. 그 광경은 너무나도 행복에 가득 차 있었다. 건축에 흥미도 없고 알바 알토가 누군지도 잘 모르던 내가 알바 알토의 마법에 걸린 순간이었다.

서른네 살에 얼마 안 되는 저금을 몽땅 털어 로스터기를 샀다. 고급 자동차쯤은 여유 있게 살 수 있을 정도로 비싼 물건이었기에 애착을 갖고 늘 소중히 다루려고 이름을 붙이기로 했다. 당

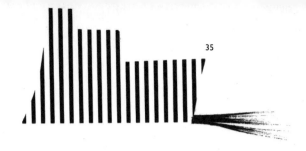

시 알바 알토의 마법에 걸려 있던 나는 로스터기에 '아알토ｱｱﾙﾄ 군'이란 이름을 지어줬다. 대부분 가타카나일본 문자의 하나로 주로 외래어를 표기할 때 쓴다로 '알—토ｱ-ﾙﾄ'라고 적는 모양이었지만, 나는 '아'가 두 개 늘어선 쪽이 좋아서 '아알토'로 표기했다.

로스터기를 사들이고 나서도 2년 남짓 회사를 계속 다니면서 생커피콩 볶는 연습을 했다. 사실은 더 빨리 가게를 열고 싶었다. 그러지 못한 건 좀처럼 맛있는 커피를 만들지 못해서다. 이대로 간판조차 못 걸까 봐 걱정돼 잠 못 이루는 밤을 여러 날 보냈다. 식욕도 사라져 몸무게가 10킬로그램 가까이 빠졌다. 머릿속이 커피 로스팅으로 꽉 차서 다른 일을 생각할 여유 따윈 없었다.

하지만 개업을 하려면 가게 이름을 지어야 했다. 그전까지는 누가 물으면 '쇼노커피(가칭)'라고 말했는데, 자신의 이름을 따서 붙인다는 게 어쩐지 멋쩍었다. 그러던 참에 문득 '아알토 군'이 볶으니 '아알토커피'로 해도 좋겠다는 생각이 들었다. 여러 번 입에 올리다 보니 아주 좋은 이름 같아서 그대로 쓰게 됐다.

실제로 몇 번이나 이 이름의 덕을 봤다. 북유럽을 좋아하는 분이나 건축 일을 하는 분이 지나가다 간판을 보고 흥미가 생겨 들어오기도 했고 북유럽 관련 이벤트에 초대되기도 했다. 내가 가게를 열 때만 해도 북유럽다운 이름이 붙은 커피 가게가 거의 없었다. 더욱이 'aa'로 시작하는 이름은 일본어 50음 순이든 알파벳 순이든 나열하면 으레 맨 위에 자리 잡기에 눈에 띄기 쉬웠다.

한번은 지인이 신세 진 푸드스타일리스트가 알바 알토와 생일이 같다는 이유로 우리 가게의 커피콩을 사서 그 사람에게 생일 선물로 보냈다. 그걸 받은 푸드스타일리스트가 잡지에 소개하는 바람에 전국에서 주문이 밀려들었다. 문을 연 지 1년이 지난 시점, 가까스로 첫 번째 궤도에 올랐다.

커피콩이 생일 선물로 이용된 이 일로 말미암아 즉흥적으로 결정한 이름에 의미가 있음을 나는 비로소 깨달았다. 알바 알토의 생일날인 2월 3일은 바로 '아알토커피'의 개업일이었다. 우연이지만 운명처럼 느껴졌다.

가게 이름 덕분에 꾸준히 생기는 기분 좋은 만남. 나는 아직 알바 알토의 마법에 걸린 채다. '아알토'는 나에게 힘을 주는 마법의 말이다. 지금이라면 자신 있게 말할 수 있다. 이름은 소중하다.

저 가게라면 틀림없어

사실 '아알토커피'라는 이름을 짓기 전부터 가게에서 알바 알토의 의자를 쓰기로 마음먹고 있었다. 새 상품을 가져다 놓으면 뭔가 안정감이 없을 것 같아서 중고를 찾기 시작했는데, 좀처럼 수량을 맞추기가 어려웠다. 그때 신문에서 어떤 작은 카페의 기사를 발견했다. 알바 알토의 중고 의자가 늘어선 아름답고 맑고 한가한 정경에 나는 마음을 뺏겼다.

홈페이지를 찾아보니 메일 주소가 있었다. "어디에서 의자를 사셨나요?" 나는 가본 적 없는 가게의 만나본 적 없는 주인에게 메일을 써서 보냈다. 상식을 벗어난 행위임은 알고 있었다. 하지만

지푸라기라도 잡고 싶은 심정이었다. 다행히 느닷없고 무례한 메일에도 정중한 답장을 보내온 카페 주인 덕분에 의자를 마련할 수 있었다. 역시 감사의 말을 전하러 한번 찾아가는 게 사리에 맞겠지. 무엇보다 한눈에 반한 그 공간에 가보고 싶었다.

　도쿄 오기쿠보역에서 조금 떨어진 그다지 인적 없는 곳에 카페는 한가로이 자리 잡고 있었다. 긴장하며 문을 열고 들어가니

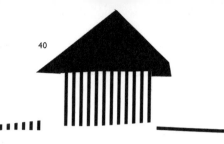

잡지에서 본 주인장이 계산대 안에 섰다.

처음 만났는데도 우리는 많은 대화를 주고받았다. 직장을 관두고 카페를 시작한 주인장의 이야기는 회사원에서 커피 로스터가 막 되려는 나에겐 죄다 보물처럼 다가왔다. 그때의 말들은 지금도 마음속에 새겨져 있다.

그 뒤로 쭉 내가 볶은 커피콩을 그 카페의 주인에게 보냈다. 영락없이 맛없는 커피가 내려졌을 텐데 그는 언제나 깍듯이 마셔본 소감을 들려줬다. 곰곰이 생각해보면 카페 주인은 내 로스팅 수행 시절의 유일한 선생이었다. 가게 문을 열 때는 축하 선물로 알바 알토의 엽서를 보내주기도 했다.

1년이 지났을 무렵, 카페 주인한테서 매장을 오기쿠보에서 기치죠지로 옮긴다는 소식이 날아왔다. 가게 이전에 맞춰 '아알토커피'의 커피콩을 쓰고 싶다는 요청과 함께. 가게를 시작하고 나서 가장 기쁜 순간이었다. 겨우 커피 로스터가 됐구나. 그제야 나는 실감했다. 그 행복감은 평생 잊지 못하리라.

그 카페에서 우리 커피콩을 쓰게 되면서 일러스트레이터와 음악가, 작가 같은 도쿠시마에 있으면 절대로 만나지 못할 사람들을 잔뜩 사귀었다. 그중 한 사람은 나를 만나면 늘 이렇게 말해준다. "여기서 마시는 아알토커피는 최고로 맛있어." 커피 로스터로서 이보다 기쁜 말이 또 있을까.

이 외에도 그 카페의 단골손님이 자기 입에 딱 맞는다면서 통신판매로 주문을 하거나 카페를 열려는 사람이 그 카페와 같은 커피콩을 납품받고 싶다고 문의하는 일이 늘었다. 이름난 카페에서 쓰는 만큼 분명 좋은 커피콩일 거라고 다들 굳게 믿었다. 신용은 이렇게 쌓이는구나. 나는 뼈저리게 느꼈다.

저 가게에 가면 틀림없어. 저 가게에 놓여 있으니 확실히 좋은 물건일 거야. 저 가게는 꼭 필요해. 나는 손님이 그렇게 믿어주는 가게를 만들고 싶다. 그들과 똑같이는 못하더라도 내 방식대로 꾸준히 해나갈 작정이다.

손님을 보며 살아간다

　자영업은 무엇을 하든지 자유다. 누구도 무엇을 하라고 지시하지 않는다. 지금까지와는 완전히 동떨어진 세계에 들어선 나는 생각하고 또 생각했다. 맛있는 커피콩을 판매한다. 이것이 가장 중요하다는 사실쯤은 알고 있는데 그것만으로 괜찮을까. 날마다 자문자답했다. 주위를 두리번두리번 둘러보면서 주뼛주뼛 제 발로 걸어가는 수밖에 없었다.

　내가 가게를 낸 곳은 대형 가맹점들이 늘어선 간선도로 근처였다. 개인이 운영하는 가게도 드물었고 뭔가 하러 온 김에 들릴 만한 위치도 아니었다. 뚜렷한 목적을 가진 사람들만 돌아다니는

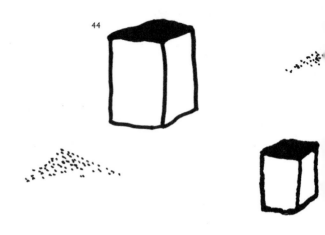

자리. 개점 초부터 주변 사람들에게 "이곳에 들어선 가게는 뭐가 됐든 금세 망해버렸다니까"라는 말을 만날 들었다.

그런 치명적인 정보, 누군가 미리 알려줬어야지! 머릿속에서 울렸지만 이미 오픈한 이상 별도리가 없었다. 지금이라면 계약 전에 스스로 조사해야 할 정보 정도는 안다. 그나마 커피콩은 지나는 길에 불쑥 가게에 들어가 사지는 않으니까, 여기도 나름 괜찮겠지. 나는 마음을 다잡았다. 아무런 근거도 없으면서.

아니나 다를까 세상일이란 세간의 말대로 되기 십상인지 막 문을 연 낯선 커피 가게에는 아무도 찾아오지 않았다. 차는 잘도 다니건만 오다가다 들르는 사람은 한 명도 없다. 이것이 현실이었다. 어떻게 하면 손님이 올지 이래저래 궁리도 해봤지만, 결국 아무것도 하지 않았다. 머지않아 적지만 찾아주는 손님이 생겼기에 그분들을 기쁘게 할 커피를 만드는 데만 집중하자고 생각해서다.

개업 전에 어느 커피 로스터 선배로부터 질문을 받은 적이 있

다. "네가 만드는 커피는 누구를 위한 거야?" 그때는 커피콩을 제대로 볶지 못해서 고뇌하던 참이라 선문답 같은 그 질문의 의미를 도통 이해하지 못했다.

가게를 계속하면서 이제야 겨우 깨달았다. 나는 손님을 위해 커피콩을 볶고 있구나. 초반에는 스스로가 좋아하는 맛의 커피를 만드는 데 열심이었다. 하지만 그건 그저 손님 취향의 커피를 만드는 상상력과 기술력이 부족했을 뿐이다. 남들보다 배는 서툰 내가 처음부터 잘할 리 없지. 경험이 압도적으로 모자랐다.

결국 시간은 걸렸지만 이제 조금 나은 커피를 만들 줄 안다. 자신이 맛있다고 느끼는 커피가 아니라 손님이 원하는 맛에 가까운 커피 말이다. 역시 무슨 일이든 경험이 필요하다. 신기하게도 자신의 취향이 완전히 사라졌을 무렵부터 먼 데서도 커피콩을 사러 오는 손님이나 일부러 통신판매로 주문하는 손님이 생겼다.

커피 로스터가 아무리 "맛있어요"라고 강조해도 그 말에 힘은 없다. 맛있다고 결정하는 건 모두 손님이다. 가게를 하는 데 있어 자신의 취향을 고집해선 안 된다. 손님을 위해 자신의 일을 열심히 한다. 단지 그것뿐이다. 시대 흐름이나 마케팅 같은 말에 홀리지도 말자. 나는 앞으로도 손님을 보며 살아가리라.

작은 목표를 세우자

커피 로스터가 되면서 처음 세운 목표는 '가족이 먹고살아 갈 만큼 벌자'였다. 부모님 댁에 얹혀산 덕에 그럭저럭 살림을 꾸릴 수 있었다. 즉 목표 달성. 그 뒤로도 몇 가지 목표를 세우고 이루었다. 정기 휴일에는 반드시 쉰다. 음료 판매는 그만두고 커피콩 판매만으로 가게를 이어간다. 부모와의 동거를 끝낸다.

나는 상장 기업으로 성장하자, 세계 제일의 커피를 만들자 같은 커다란 목표를 꿈꾼 적은 한 번도 없다. 다 작은 목표뿐이었다. 심지어 안 될 성싶으면 금방 포기해도 그만인 목표만 세웠다. 너무 목표에 집착하면 완수를 위한 수단이 목적으로 바뀌어버린다.

목표 달성을 위해서만 온 힘을 쏟아붓는 것은 위험하기 그지없다. 전력을 다하지 않으면 안 된다고 생각하는 시점부터 이미 자신과는 맞지 않는 목표다. 누구나 있는 힘껏 애썼음에도 불구하고 성과가 나지 않으면 마구 푸념하고 싶어진다. 하지만 사람은 즐겁다고 느끼면 몇 시간이라도 기쁘게 일할 수 있다. 단지 좋아할 뿐만 아니라 하지 말라는 소리를 듣더라도 저절로 온 힘을 쏟게 되는 일을 직업으로 삼을 수 있다면, 그게 제일 좋다.

모형 정원의 자유

　가게를 시작하면서 나만의 규칙 하나를 정했다. 그 규칙이란 좋은 생커피콩을 알맞게 볶아서 신선할 때 적당한 가격에 파는 것. 회사원과는 전혀 다른 직종에다 처음 경험하는 자영업은 사막에 홱 내던져진 신세나 다름없었다. 어디로든 향해 걸어가도 되지만 자신이 나아가는 방향에 무엇이 있는지 그리고 그 길이 어디까지 이어질지 모른다. 그래서 나는 제일 먼저 그 사막을 일부분 도려냈다. 나의 장소는 여기부터 저기까지라고. 말하자면 모형 정원을 만든 셈이다.

　우선 커피콩의 판매 가격을 결정했다. 블렌드든 스트레이트든다 같은 금액을 붙였다. 값에 좌우되지 않고 좋아하는 커피를 손님이 마시길 바랐다. 또 즐겨 마시는 사람에게 조금이라도 싼값에 커피를 제공하고 싶었다. 회사에서 영업직 생활을 오래 해온 현실파로서 아무리 맛이 있다고 해도 살림에 부담을 주는 비싼 커피를 늘 사서 마시기란 어렵다고 생각했다. 약간만 분발하면 사서 마실 수 있는 가격이 좋았다.

때문에 비싼 생커피콩을 사들인다는 선택지는 애초 없었다. 정해진 규칙이 있으면 쓸데없는 판단을 하지 않아도 된다.

그다음 판매 기한을 결정했다. 개업 초기에는 로스팅한 날로부터 7일간. 물론 어느 누구도 알지 못하는 가게의 커피콩이 처음부터 쉽게 팔릴 리가 없었다. 볶아서는 버리고 또 볶아서는 버리는 날들의 연속이었다. 커피콩에게 미안해서 견딜 수 없었지만 한번 정한 규칙을 어기면 안 된다는 마음에 고집스레 지켰다. 지금은 이틀 안에 다 팔리기에 작은 로스터기로 바지런히 생커피콩을 볶고 있고 버리는 일도 전혀 없다.

앞으로도 나는 나에게 많은 제한을 둘 작정이다. 불편하지 않으면 진정한 자유를 알 수 없는 법이니까. 그저 자유로울 뿐이라면 살아남지도 못하고 아프지도 않다. 지금은 다른 데로 눈을 돌

리거나 달아나지 않은 채 반드시 지켜야 할 지침에 묶여 목적지까지 나아가려 한다. 모래땅으로 손수 만든 모형 정원에서 자유롭게 쭉 살아갈 수 있기를.

안심할 만한 겉모양

개업할 때는 돈이 별로 없어서 머리를 쥐어짤 수밖에 없었다. 일단 전화와 팩스를 각각 다른 번호로 신청했다. 나뉘어 있는 편이 어엿한 가게답다고 생각했기 때문이다. ○○답다는 말은 의외로 중요하다. 그래서 무료로 뿌리는 기다란 주소가 아닌 제대로 된 홈페이지 주소도 만들었다.

그다음 로고, 패키지, 명함을 디자인 전문가에게 부탁해 제작했다. 누가 봐도 멋지고 기준이 될 법한 심플한 디자인을 원했다. 음반이나 책이 그렇듯 첫눈에 재킷으로도 선택받을 수 있는 커피콩이 내 목표였다.

　지금까지 말한 작업을 하는 데 생각만큼 돈이 안 들었다. 물론 공짜라고는 말할 수 없지만, 잡지에 광고하는 금액과 비교하면 훨씬 쌌다. 이러한 작은 요소는 단숨에 눈에 띄는 효과를 얻지는 못해도 들인 돈 이상으로 오랫동안 효력을 발휘한다.

　나는 가게를 계속 꾸려가려면 손님이 안심할 만한 겉모양도 꼭 필요하다고 생각한다. 깔끔하지 못한 옷차림의 사람보다는 말쑥하게 차려입은 사람이 안도감을 준다. 가게도 마찬가지. 아름다운 외견은 주인을 위한 게 아니다. 손님이 기분 좋게 시간을 보내도록 하기 위함이다.

너무 아는 것, 너무 모르는 것

처음 가게를 열자마자 나와 아내는 할 일이 너무 많아서 어찌할 줄 몰랐다. 커피 로스팅과 판매는 물론 포장, 발송, 청소, 제과, 매입, 배달, 경리까지 모두 우리 둘이 맡아 해야 했다. 이거 참 큰일을 저질렀구나 싶어 한숨이 나오는 날도 있었다.

자영업자가 되고 나서 나는 회사원이 얼마나 은혜로운지를 실감했다. 업무량뿐만 아니라 경제적인 면에서도. 설령 일을 하다 실수를 해도 회사에서 다달이 급여가 나오고 유급휴가에 상여금까지 받는다. 게다가 회사원은 갑자기 몸이 아파서 하루 쉬어도 동료가 도와주지만, 자영업자는 쉬면 한 푼도 손에 들어오지 않

는다.

자영업자가 된 첫해에 집으로 날아온 국민건강보험 고지서를 보곤 까무러칠 뻔했다. 회사원의 경우 회사가 사회보험을 절반 부담해준다는 지식쯤은 있었다. 다만 자기가 다 내야 하는 처지가 될 때까지 그 고마움을 전혀 알아차리지 못했다.

자신의 상상력 없음에, 또 돈 없음에 눈물을 흘리는 하루하루. 그 모든 걸 알았다면 가게를 시작조차 하지 않았겠지. 그러고 보면 무지도 나쁘지만은 않다. 물론 좋지도 않지만. 너무 아는 것도 바람직하지 않고, 너무 모르는 것도 바람직하지 않달까.

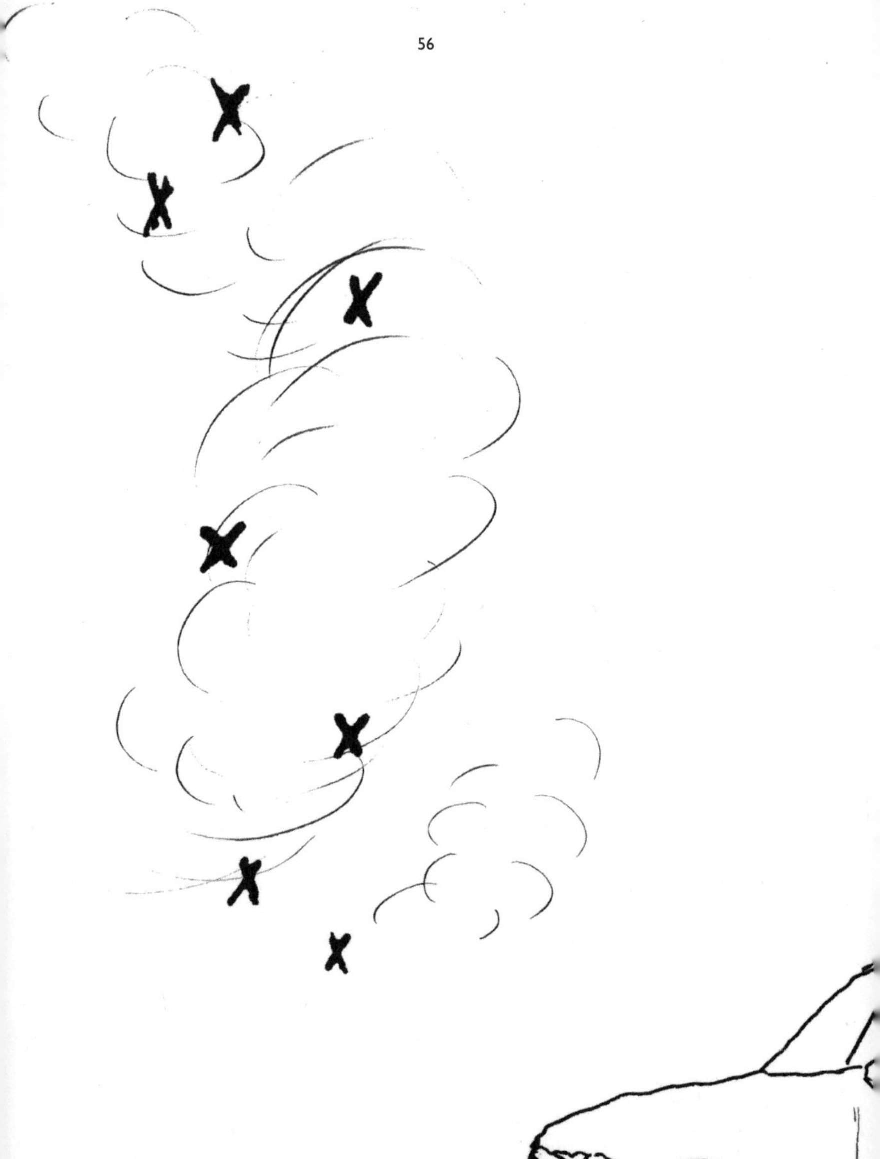

유행하지 않아야 최고의 기회

나는 커피 업계가 최악인 시기에 커피 가게를 시작했다. 2000년 전후로 인 카페 붐이 종말을 맞이하면서 개인 점포는 점점 문을 닫아가고 그나마 기운이 남은 것은 해외에서 건너온 커피 가맹점들뿐. 이미 포화 상태이기에 새로운 가게가 이 업계에서 살아남는 일은 절대 무리라고 다들 얘기했다.

이것저것 조사하면서 고민에 고민을 거듭했다. 어느 곳이 비어 있을까. '곳'이라고는 해도 위치가 아니라 가게의 성향을 말한다. 대부분의 커피 가게는 본격적인 전문점을 추구했다. 근데 잠깐, 애초 '본격적'이란 무엇일까. 그 말이 선뜻 이해가 안 갔다.

느닷없는 이야기인데 1980년대 초 만담 붐의 막바지에 다운타운마쓰모토 히토시, 하마다 마사토시로 이루어진 개그 콤비이 등장했다. 그 무렵 유행하던 속사포처럼 쏟아내는 빠른 말의 만담과는 완전히 반대되는, 그들이 구사하는 느린 박자의 만담은 색다른 즐거움을 주며 다운타운을 일약 인기 개그맨으로 만들었다.

물론 재능도 있고 노력도 한 결과겠지만, 만담 붐이 수그러드는 와중에 그들이 데뷔했기 때문에 수많은 만담가 속에 파묻히지 않고 정당하게 평가됐다고 나는 줄곧 생각해왔다. 침체기에 남과 다른 무언가를 하면 기회는 반드시 온다. 아무런 근거가 없었음에도 다운타운을 보며 확신했다.

나는 우선 멋진 패키지를 만들었다. 커피 기구를 취급하지 않는 대신 그릇이나 잡화, 엽서를 판매했다. 또 가게에서 그림이나 사진 전시회도 개최했다. 본격적으로 커피 전문점을 추구하는 주인장의 시선에서 보면 전부 본길이 아닌 곁길일 뿐이다. 게다가 물

건도 한 일도 새로운 것이 하나도 없다. 지금이야 흔히 볼 수 있는 풍경이지만 그때까지 저런 커피 가게를 찾기 어려웠다.

바로 이것이 내가 개점을 준비하며 찾아낸 '비어 있는 곳'이었다. 덕분에 본격적인 커피 전문점과 정면으로 승부하지 않고 끝났다. 진짜와 싸워 이길 리 없다. 그렇다면 다른 사람이 하지 않는 것을 진지하게 해보자고 마음먹었다. '아알토커피'와 '14g'이 새로운 무언가를 찾는 사람들의 눈길을 끈 이유일지도 모른다. 한창 붐이 이는 시기에 다른 사람과 같은 일을 했다면 수많은 사람 중의 한 명밖에 되지 못했으리라.

새로운 아이디어를 떠올리기란 굉장히 힘들다. 하지만 비어 있는 곳을 찾아내는 일은 그렇게 어렵지 않다. 나는 항상 자신이 머물 곳을 마음을 다해 찾고 있다. 지금 무엇이 유행하든 그곳은 내 자리가 아니다.

좋다고 생각했다면 쭉 믿자

처음 몇 년은 가게에 변화를 주지 않고 같은 일을 반복했다. 함부로 커피콩의 종류를 바꾸지 않는다. 이벤트를 하지 않는다. 일주일에 한 번은 쉰다. 그 대신 임시 휴업하지 않는다. 영업시간은 무슨 일이 있어도 지킨다. 아무리 한가해서 힘들어도 가게에 머문다. 그런 당연한 일이 쌓이고 쌓여 신용을 만든다.

전에 산 커피콩을 다시 사러 들렀는데 팔지 않는다면? 다른 곳에서 이벤트를 한다는 핑계로 주인이 자리를 비운다면? 회사가 끝나자마자 서둘러 왔더니 이미 문을 닫았다면? 그럼 손님의 마음에 불신밖에 남지 않는다.

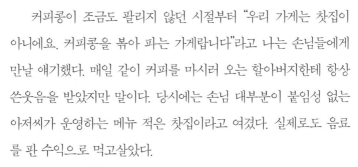

커피콩이 조금도 팔리지 않던 시절부터 "우리 가게는 찻집이 아니에요. 커피콩을 볶아 파는 가게랍니다"라고 나는 손님들에게 만날 얘기했다. 매일 같이 커피를 마시러 오는 할아버지한테 항상 쓴웃음을 받았지만 말이다. 당시에는 손님 대부분이 붙임성 없는 아저씨가 운영하는 메뉴 적은 찻집이라고 여겼다. 실제로도 음료를 판 수익으로 먹고살았다.

시간이 좀 걸리긴 했어도 지금은 커피콩만 판매한다. 품을 들여 전한 것은 일찌거니 스러지는 일이 없다. 광고에 의존하면 확실히 효과는 빠르다. 특히 텔레비전 방송에라도 소개되면 무서울 만치 손님이 몰려온다. 하지만 그렇게 온 사람들의 절반 이상은 다시 가게를 찾아오지 않을뿐더러 그 탓에 늘 드나드는 손님이 가게에 들어오지 못하거나 커피콩을 사지 못한 채 돌아가기도 한다.

가게는 '당연한 일을 하루하루 같은 마음으로 할 수 있느냐 그렇지 않느냐'가 전부다. 정해진 영업시간에는 계속 문을 열어둔 채 좋은 물건을 꾸준히 제공해야 한다. 잘난 체하며 말하고는 있는데, 아무도 오지 않는 가게에 내내 서 있으면 정말이지 배가 슬슬 아프다.

문을 연 지 세 시간이 지나서야 첫 손님이 들어오거나 온종

일 손님이 두 사람밖에 없는 날도 있다. 가끔이긴 해도 손님들이 한꺼번에 들이닥치는 바람에 꽤 기다리게 하는 날도 있다. '고루고루 나뉘어 가게에 와주면 좋을 텐데'라고 바라며 일희일비하는 매일이다.

그러니 자신이 좋다고 생각해서 시작한 일은 끝까지 믿고 나아가자. 사람들에게 마음이 전달되는 데는 시간이 걸린다. 가게를 찾는 손님을 언제나 소중히 대접하다 보면, 그 손님이 반드시 새로운 손님을 데려온다. 시간과 수고를 아끼지 않고 얻은 신뢰가 있으면 그렇게 쉽게 버림받지 않는다.

『호밀밭의 파수꾼』 같은 커피

줄곧 같은 도구를 사용해 커피를 내리고 있다. 이렇게 말하면 "장인의 고집인가 보네요"라는 소리를 듣는데 그건 아니다. 답은 간단하다. 그저 익숙해 쓰기 편해서다. 같은 도구로 커피를 내리다 보면 어떻게 사용하면 좋을지를 깨닫는 순간이 찾아온다. 어린 시절, 어느 순간 갑자기 거꾸로오르기를 할 수 있게 되거나 자전거를 탈 수 있게 되는 경험과 비슷하다. 쭉 같은 도구를 써서 같은 커피를 내리다 보면 맛있게 내리는 요령이 몸에 익는다.

사실 속내를 말하자면 이렇다. 개업 초기에 나는 커피콩을 볶고 파는 일뿐만 아니라 커피나 음료까지 만들어 판매했다. 하나만으로도 충분히 장사가 되는데 동시에 세 가지를 다 하고 있었다. 하지만 모두 어중간했다. 어느 것 하나 만족스럽지 않았다. 그런 상태에서 커피 내리는 방법마저 이것저것 손을 댄다는 게 위험하다고 생각했다.

에스프레소가 유행하는 모습을 본체만체하며 익숙한 페이퍼 드립으로 커피를 우려냈다. 자신감은 없어도 자존심만은 높은 자의식 과잉에 소심한 사람이라서 남보다 확실히 뒤떨어지는 분야에는 가까이하지 않으려는 방어 본능이 작용했으리라.

다행히 커피 취향이 확고한 손님은 어지간해서는 찾아오지 않았다. 커피를 잘 알지는 못할지언정 내가 내린 커피를 맛있다고 느끼는 손님들이 가게를 드나들었다. 작은 개인 가게라고 해서 모든 손님에게 꼭 가까이 다가갈 필요는 없지만, 어떤 손님이 왔으면 하는지는 명확하게 할 필요가 있다. 이건 아주 중요한 사항이다.

나는 커피에 대해 세세하게 알지는 못해도 집에서 맛있는 커피를 가벼운 마음으로 즐기고 싶어 하는 까다롭지 않은 사람이 가게를 찾아주었으면 좋겠다. 물론 커피에 까다로운 사람도 내가 볶은 커피콩으로 커피를 내려 마시길 바란다.

한마디로 말해 목표로 하는 커피는 J. D. 샐린저의 『호밀밭의

파수꾼』 같은 커피다. 『호밀밭의 파수꾼』은 1951년에 발표된 소설
이지만 아직도 감수성 풍부한 나이의 젊은이들에게 지지를 받으
며 청춘의 바이블이라고 불린다. 또 사춘기가 지났어도 무슨 일
이 있을 때마다 몇 번이나 다시 읽는 열혈 독자가 숱하다. 나는 이
작품처럼 언제나 새로운 손님이 찾아오면서도 단골에게도 꾸준히
사랑받는 커피를 내놓고 싶다.

자신의 자리는 자신이 정하자

대학 시절에 4년 동안 지낸 나고야에서의 시간이 유일한 도시 생활이다. 그마저도 학교 건물이 교외에 있던 탓에 도쿠시마에서 살던 때와 별 차이 없는 풍경이었다. 여행사에 근무하면서 여러 나라를 다니긴 했는데, 눈부시게 화려한 도시라도 거리 하나를 들어가면 사람들의 일상이 있었다. 결국 생활하는 범위가 자신의 세계임을 깨달은 순간 어디에 있더라도 마찬가지라고 생각했다.

지금 사는 동네는 바다가 가까워서 아침에 서핑을 한 뒤 곧장 출근할 수 있다. 자동차를 타고 달리면 도시 고베에 한 시간 남짓이면 도착한다. 만원 전차에 탈 일도 없고 밥을 먹기 위해 줄을

설 일도 없다. 도시에 사는 것보다 확실히 마음껏 자유로이 쓸 시간이 넉넉하다.

다만 나는 그런 이유로 도쿠시마에 살고 있지는 않다. 다른 곳에서 살아갈 적극적인 이유가 없어서다. 도쿠시마에서 태어났다. 도쿠시마에 가족이 있고 조상의 무덤이 있다. 그 까닭으로 지금도 도쿠시마에 산다.

고향 도쿠시마에서 장사를 해보고 나서 한 가지 장점을 발견했다. 바로 경쟁 상대가 적다는 것. 지방의 압도적인 강점이다. 도쿄나 오사카 같은 대도시에서 보면 도쿠시마는 영락없이 매우 작은 시장이지만, 개업을 하고 가게를 유지하는 데 필요한 돈은 훨씬 덜 든다. 도시 중심지라면 지방의 몇 배, 아니 자칫하다가는 10배 이상의 가겟세와 엄청난 금액의 보증금을 내야 한다. 인건비 역시 1.5배쯤 더 나갈 게 뻔하다.

도시는 장점도 많은 만큼 단점도 많다. 이건 지방도 마찬가지다. 어느 쪽이 좋고 나쁘고의 문제가 아니다. 가게가 성공하든 실패하든 장소의 탓이 아니라는 말이다.

　내 경우, 태어난 마을에서도 가능한 일이었다. 반면 자신의 목표가 살고 있는 동네에서 안 되는 일이라면 되는 지역으로 가야 한다. 하고 싶은 일을 찾으러 지금 있는 곳을 떠나는 것과는 다르다. 도시에 살아도 결국은 살며 일하는 공간만이 자신의 세계이고, 거기에 있어야 할 이유가 없으면 일상에 잡아먹힌다. 중요한 건 살아가는 장소가 아니다. 어떻게 살아갈 지다. 자신이 설 자리는 자신이 결정하도록 하자.

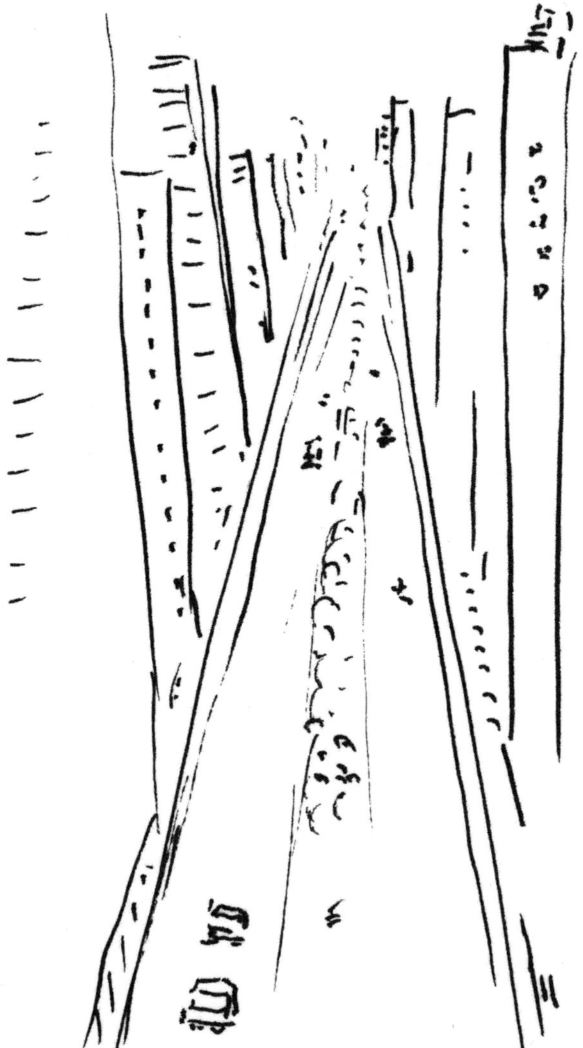

마을에 좋은 바람을 불러오려면

요즘 여러 지방에서 '마을 살리기'를 하고 있다. 성공한 곳이 있으면 생각대로 되지 않은 곳도 있는 모양이다. 집을 공짜로 빌려 줄 테니 살아보지 않겠습니까. 인프라가 완비되어 있으니 사무실로 써보지 않겠습니까. 아이의 의료비는 무료랍니다. 곳곳에서 달콤한 말이 흘러넘친다. 고령화가 진행되어 인구가 점점 줄어드는 일본에서 언제까지 보조금이나 조성금에 의존하는 저런 마을 살리기가 이어질지 궁금하다. 옛날부터 돈이 떨어지면 정도 떨어진다고들 하는데.

마을은 계획해서 무리하게 일으킬 수 있는 게 아니다. 작은 힘이 모여서 우리도 모르는 사이에 살아난다. 매력 있는 가게에 사람이 모인다. 그 가게 근처에 새로운 가게가 생긴다. 멋을 아는 사람들이 더욱더 모인다. 짬짜미가 아니라 적당한 거리감을 유지한 채 서로 의식하고 향상하다 보면 어느새 활기를 띤다. 마을은 이렇게 활성화되어야 한다.

그러니 보조금에 기대거나 비영리 단체를 만들기보다는 여하튼 열심히 일해서 세금을 많이 내도록 하자. 그 이외에 마을을 살려낼 방법은 없다. 그런 사람들이 늘어나면 반드시 그 마을에는 기분 좋은 바람이 불어온다.

중요한 것은 정보가 아니야

나는 커피의 생산지를 잘 모른다. 모른다고는 해도 역시 브라질과 콜롬비아 등의 유명 산지 이름 정도는 안다. 그 외에 커피 열매를 수확하는 지대와 농원별 정보까지 기억하지 못할 뿐이다. 아니, 애초 배울 마음이 없다. 지금 가게에서 쓰거나 파는 커피콩조차 농장 이름을 모를 때가 있다. 물론 누군가 물어보면 조사해서 제대로 답해주지만, 질문을 받은 적이 거의 없다.

예전에는 생산되는 국가명뿐 아니라 지역명이나 농원명까지 세세하게 적어서 판매했다. 그러다 여기저기의 농장에서 커피콩을 사들이면서부터 생산 정보를 써 붙이는 일을 그만뒀다. 구입하는

시기에 따라 농장 이름이 달라지기도 해서다.

　더 큰 이유는 어느 날 가게를 찾는 사람들이 그러한 정보에 무게를 두고 있지 않음을 깨달았기 때문이다. 그저 어느 커피콩이 맛있는지 어느 커피콩이 맛없는지만 신경 써서 확인했다. 개중에는 "요전번의 커피콩은 맛이 조금 떨어졌어요"라고 귀띔해주기도 했다. 굳이 나쁜 말을 하고 싶지 않을 텐데도 말해주고 또다시 커피콩을 사러 오는 손님이 무척 고맙고 격려가 됐다.

　그렇다면 무엇을 가장 소중히 해야 할까. 답은 저절로 나왔다. 손님이 맛있다고 느낄 만한 커피를 만들어내는 일, 오직 그것밖에 없었다.

　초반에는 권위 있는 사람이나 커피통이라 불리는 사람에게 마냥 칭찬받기를 원했다. 잡지에 실리기라도 하면 우쭐해지고 신이 났다. 정말로 바보였다. 하지만 알고는 있었다. 자신의 커피콩이 이대로는 안 된다는 사실을. 그래서 맛있는 커피를 만들게 될 때

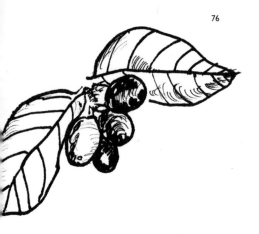

까지 취재를 전부 거절하기로 했다.

　막상 로스팅 연습에 있어 '정보'는 방해가 됐다. 산지나 농원이나 정제법 말고 그저 내가 볶으면 어떻게 되는지, 이것만을 염두에 두고 생커피콩을 매입했다. 그리고 되도록 다양한 생커피콩을 손에 넣기 위해 애썼다. 일반적으로 품질이 좋다고 평가받는 것만이 아니라 내가 볶았을 때 맛있어질, 그러면서도 비싸지 않고 입수하기 쉬운 생커피콩. 선뜻 살 만한 가격으로 안정된 판매가 가능한 점이 무엇보다 중요했다.

　결국 정보는 정보일 뿐이다. 게다가 어딘가에 적혀 있다. 구태여 기억하지 않아도 보면 알게 된다. 그걸 깨달았기에 나는 다음으로 나아갈 수 있었다.

가격은 가게의 자존심

판매 가격을 정할 때 같은 업계의 대기업과 인기 있는 상점을 참고하는 일이 많다. 그 방법도 물론 나쁘진 않은데, 자신의 가게 규모나 위치를 고려하지 않으면 실패하고 만다. 예를 들어 커피 가게는 같은 품종의 생커피콩을 사용하는 점포와 동일한 가격을 책정해버리기 십상이다. 하지만 그 점포는 도쿄에 있고 자신의 점포는 지방에 있다면 단순 비교가 어렵다. 월세와 인건비가 전혀 다르기 때문이다.

같은 업종의 가게라면 조금만 가격이 싸도 손님의 눈을 끌기 쉽다. 이건 염가 판매와는 전혀 의미가 다르다. 손님은 가격과 상

품의 균형 즉 적정 가격을 반드시 확인한다. 작은 가게를 계속하기 위해서는 손님의 이런 속내를 꿰뚫고 있어야 한다. 절대로 손님을 얕봐서는 안 된다. 초심자 주제에 뭘 알겠냐는 거드름은 위험천만! 비진문기이기에 전문가가 빠지기 쉬운 편견이 없다. 그저 적당한 가격인지 어떤지만을 살핀다. 이것이 신중하게 가격을 결정하지 않으면 안 되는 이유다.

나는 가게를 시작할 때 할인도 하지 않고 포인트 카드도 만들지 않기로 했다. 그런 일을 한다는 것은 할인할 수 있는 만큼의 이익을 처음부터 덧붙여 판매하거나 아니면 이익을 줄이거나 둘 중에 하나다. 규모가 큰 가게는 대량으로 생커피콩을 사들여 판매하기에 할인 금액을 어떻게든 메울 수 있지만, 개인 가게는 작은 할인이 서서히 자신의 목을 조이는 결과를 낳는다.

확실히 할인보다 더한 특효약은 없다. 문제는 할인 가격이 손님의 머릿속에 남는 경우다. 그러면 정가가 비싸게 느껴져서 다시 가격을 낮추지 않는 한 선뜻 사주지 않는다. 대형 매장보다 비싸기는 해도 여기에서 사고 싶다. 이런 생각이 드는 가게가 되어야 한다. 손님이 가격 이상의 무언가를 받아들고 돌아갈 수 있도록 주인은 지혜를 짜낼 수밖에 없다. 자영업자가 살아남을 길은 그것

뿐인데, 손님에게 그런 만족감을 주는 관계를 쌓을 수 있다는 점
이 작은 가게의 특권이기도 하다.

　나는 아직도 올바른 가격이 얼마인지 잘 모르겠다. 그래서 개
업하고 나서 한 번도 커피콩 가격을 바꾸지 않았다. 올려야 할지
내려야 할지 고민을 하다 보면 미궁에 빠져버리기에 결국 그대로
다. 하지만 자신이 손수 붙인 가격에 자부심은 품고 있다. 가격은
가게의 자존심이니까.

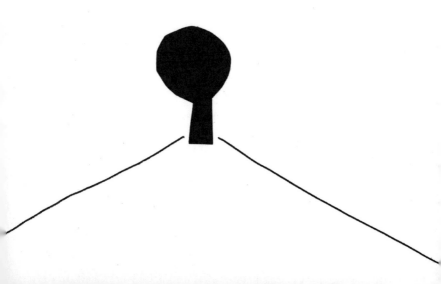

즐거움을 전하는 세계

가게를 유지하기 위해 중요한 건 이익을 올리는 일이다. 이것만 되면 가게는 어떻게든 살아남는다. 이익이란 매출에서 경비를 뺀 금액. 단순하지만 잊어버리기 쉬운 이유는 필시 너무나 당연하기 때문이리라. 개업하기 전에 여러 책을 읽었는데 어디에도 적혀 있지 않았다. 그럴 것이 이런 내용을 써봤자 읽는 사람한테 바보 취급이나 당할 만큼 굳이 쓸 필요 없는 두루 아는 사실이다.

하지만 당연한 일이야말로 진짜로 중요하다. 이는 장사에 한하지 않는다. 회사는 물론 가정도 그렇고 국가도 그렇다. 세계는 단순하게 이루어져 있는데 누군가 복잡하게 만든다. 곰곰이 생각

하고 고민해야 할 일이 있는 반면 매일의 생활과 연관된 일은 되도록 간단히 생각하는 편이 좋다.

누구나 알고 있다고 해서 다 할 수 있느냐 하면 그렇지 않은 경우가 허다하다. 우리는 쓸데없는 일에 하루하루 소모되고 있다. "나도 고생했으니 너도 고생해"가 아니라 "이렇게 하는 편이 더 즐겁다"고 자신의 경험을 다음 사람에게 전하는 세계였으면 한다.

답장은 신속하게

쉽게 할 수 있는 일일수록 무심코 뒷전으로 미뤄버리는 버릇이 있다. 지금 하는 일이 끝나는 대로 바로 해야겠다고 작정했음에도 이내 다른 일을 시작하고 만다. 그렇게 바쁘지도 않은데 어째서 항상 이럴까 싶지만 좀처럼 고치기 어렵다.

그런 나지만 철저히 지키는 일이 있다. 청구서가 날아오면 아무리 늦어도 일주일 안에 지급하는 것이다. 우리 가게에는 정해진 지급일이 따로 없다. 월말 결산, 월초 지출이라는 규칙도 없다. 그래서 뒷전으로 미루면 그만 송금을 깜박하고 안 할 가능성이 있기에 건망증이 심한 나에게는 이 방법이 아주 좋다.

게다가 큰 덤이 따라온다. 입금이 빠르면 단지 그것만으로 신용이 생긴다. 저 가게는 금세 입금해주는 걸 보니 자금 사정이 꽤 좋은가 보구나. 그저 빨리 지급할 뿐인데 그렇게들 생각한다. 거꾸로 늦으면 어떨까? 아직 입금이 안 된 걸 보니 실적이 나쁜 건가. 어쩐지 돈 관리가 칠칠치 못한 사람이네. 빨리 입금해달라고 재촉하는 건 싫은데. 상대방은 이런 부정적인 감정이 생길 수밖에 없다. 그러니 빨리 입금하는 편이 좋다. 분명 금액은 같음에도 빨리 보낸 만큼 신용이 올라간다.

나는 통신판매도 주문을 받으면 되도록 빨리 발송하도록 주의를 기울이고 있다. 입금 확인 후 발송 따윈 당찮은 말. 무엇이 중요한지를 생각하면 답은 분명하다. 일부러 먼 곳에 있는 가게의 커피콩을 사는 셈이니 빨리 마시고 싶을 터. 좋은 커피콩을 빨리 보내는 것이 손님에게 가장 큰 기쁨을 주는 방법이다.

답장도 재빨리 보낸다. 연인에게 메일을 보냈는데 곧바로 답신이 오면 기쁘듯이 일에서도 답장은 빠른 편이 좋다. 내가 상대방을 좋아하고 상대방이 나를 좋아해야 일이 원활하게 돌아간다. 이것도 입금과 마찬가지로 그저 빨리 보냈을 뿐인데 어김없이 신용이 따라온다. 답장을 쓰는 수고는 지금 하든지 나중에 하든지 같은데 말이다.

간단한 일일수록 제대로 하지 못하면 금세 신용을 잃는다. 반대로 간단한 일을 차곡차곡 해나가면 점점 신용은 쌓인다. 경험이 없어도 실적이 없어도 누구든 할 수 있다. 입금과 발송 그리고 답장은 신속하게! 내 마법의 말이다.

'새로움'이란 뭘까

소자본으로 시작한다. 재고를 남기지 않는다. 이제껏 없던 새로운 아이디어. 이게 요즘 비즈니스 경향인 모양이다. 나는 완전히 거꾸로 하고 있다. 비싼 로스터기를 구매했고 많은 생커피콩을 사들였다. 옛날부터 내려오는 방법으로 커피콩을 볶아 판매했다.

장사에는 새것도 헌것도 없다. 수요가 있으면 살아남고 보호하지 않으면 없어질 듯한 약한 업종은 머지않아 사라진다. 새로운 아이디어라든지 합리적이고 위험이 적은 분야라든지 하는 사실은 중요하지 않다. 필요한 것은 바로 상상력이다. 수십 년 후에도 반드시 살아남을 만한 일을 하는 사람들을 찾아가서 가만히 관찰

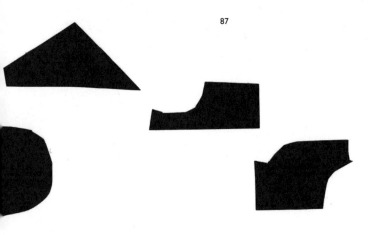

해보면 안다.

　그다음 모방을 시작해보자. 물론 아이디어나 방법을 그대로 훔치라는 게 아니라 최대한 존경심을 갖고 배울 부분을 따라 해보라는 소리다. 그렇게 날마다 되풀이하다 보면 모르는 사이에 자신의 형태가 만들어진다. '이렇게 되고 싶어'가 아니라 '정신을 차려보니 이렇게 돼 있었어'라는 느낌으로.

　진짜 중요한 건 간단히 알 수 없다. 오히려 너무 평범해서다. 이것을 깨닫고 난 뒤 나는 형체 없는 '새로움'을 뒤쫓는 일을 그만뒀다.

좋아한다면 힘껏 말하자

점수를 매기는 것도 점수가 매겨지는 것도 고역이다. 아니, 고역이라기보다는 질색이다. 점수가 나쁘면 화가 나고 좋으면 우쭐거린다. 점수에 울다가 웃다가 하는 자신의 약함을 눈앞에서 마주하는 일이 견딜 수 없다. 혹여 부정적인 의견을 직접 듣기라도 하면 몹시 분하고 우울하다. 그런 것에 감정을 움직여봤자 해야 할 일은 변하지 않는데 말이다.

생커피콩도 점수가 매겨진다. 맛있는 커피를 만들려고 열심히 일하는 생산자의 노고를 생각하면 가슴이 아프다. 그들은 높은 점수를 받아 서로 겨루는 게임을 하는 게 아니다. 하지만 점수를

매기는 사람은 필시 없어지지 않을 테니 그 존재에 겁을 먹어봤자 소용없다. 그렇다면 어찌해야 할까.

자신의 견해를 바꾸는 방법 말고는 길이 없다. 사람들은 남과 비교되는 게 싫으면서 자신 이외의 일이라면 예사로 점수나 순위를 매겨버린다. 때문에 그런 일을 당하지 않도록 늘 신경을 곤두세운다. 이제부터는 우열을 가리지 말고 자신이 좋아하는 것을 힘껏 좋아한다고 말하며 살아가자. 그것으로 충분하다.

나이는 중요한 걸까

나는 서른여섯 살에 가게를 시작했다. 결코 이르지 않은 나이였다. 아내와 두 아이를 거느린 사람치고는 되레 늦은 출발이었다.

다자이 오사무와 마쓰모토 세이초는 1909년생 동갑. 그런데 다자이는 오래전 문호, 세이초는 요 근래 소설가라는 이미지가 있다. 다자이가 스물네 살, 세이초가 마흔두 살이란 나이에 등단한 영향이 크다. 또 세이초가 활동하기 전에 다자이가 죽어서 유독 그리 생각하는 것 같다. 다자이 오사무는 조숙형, 마쓰모토 세이초는 만성형인 셈이다.

사람의 수명은 아무도 모른다. 알지 못하니까 살아갈 수 있다.

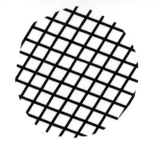

장수하는 사람이 조숙형이라면 그의 인생은 길고 고통스러울 테고, 단명하는 사람이 만성형이라면 재능을 채 꽃피우지 못하고 사라질 터.

그러니 또래의 재능 있는 사람을 보고 풀이 죽거나 질투하는 시간은 아깝기 짝이 없다. 지금만 보고 그 사람의 진짜 앞날을 어찌 알 수 있나. 그 시간에 자신의 감정과 생각에서 눈을 떼지 말고 해야 할 일과 진지하게 마주하면 좋겠다. 절로 힘이 솟으리라.

어떤 일을 앞에 두고 무심결에 나이 탓으로 돌리는 사람들이 꽤 있다. 너무 어려서 안 된다는 둥 지금부터라면 이미 늦었다는 둥. 그런 건 상관없다. '하느냐 마느냐'만이 중요하다.

정성스러운 삶

천천히 드립하면 정성껏 커피를 내린다고 생각하는 사람이 많다. 하지만 정성껏 커피를 내리는 방법은 신선도 좋은 커피콩을 적당량 덜어 물을 붓기 직전 간 다음 추출량을 정확히 가늠하는 것. 찬찬히 시간만 들여 드립하면 쓰고 무거운 커피가 완성될 뿐이다. 정성 어린 커피를 마시고 싶다면 지침을 확실히 파악하면서 걸러내야 한다.

그런데 정성을 기울일 수 있는 날이 있는가 하면 그렇지 않은 날이 있다. 사실 매일 정성스레 커피를 내리지 않아도 괜찮다. 매번 정성을 쏟기란 쉽지 않으니. 생활도 마찬가지. 정성을 다할 때

와 안 그럴 때, 두 방식이 다 있는 편이 좋다. 조잡한 날들이 이어
지면 마음이 거칠어지고, 날마다 정성을 들이면 몸이 지쳐버린다.

정성스러운 생활은 남에게 보여주기 위해 하는 게 아니라 자
신과 가족의 하루하루 속에 자연스레 드러난다. 이렇게 살아가자
고 온 식구가 모여 삶의 지침을 논의하고, 뭔가 좀 잘못됐다 싶으
면 바로바로 고치며 앞으로 나아가면 된다. 다들 너무 까다롭게
굴지 말고 웃으면서 살아가면 좋을 텐데. 완벽을 추구하지 않는
여유 있는 생활, 그것이야말로 진짜 정성스러운 삶이다.

10곡 38분

신작 CD를 사는 일이 적어졌다. 그렇다고 인터넷에서 돈을 주고 음원을 내려받지는 않는다. 음악을 좋아하니까 옛 작품은 여전히 CD를 사들이며 소장한 앨범들은 곧잘 듣는다.

처음 산 레코드는 오타키 에이치의 「A LONG VACATION」이었다. A면 5곡, B면 5곡으로 전체 10곡인 이 레코드를 되풀이해 들었다. 그다음에 산 야마시타 타쓰로의 「RIDE ON TIME」은 9곡이 들어 있었다. 같은 무렵 손에 넣은 사노 모토하루의 첫 번째 앨범과 두 번째 앨범도 어쩐지 자주 들었다. 하지만 11곡이 수록된 그의 세 번째 앨범 「SOMEDAY」부터는 그렇지도 않았다.

그 후로는 펑크를 많이 들었다. 섹스 피스톨즈, 더 잼, 더 클래시의 초기 앨범은 다 재생 시간이 짧았다. 장황한 것은 볼품없다. 이런 생각이 머리에 박혀 '10곡 38분'이 이상적으로 느껴졌다. 요즘 나오는 앨범은 너무 길다. 보너스 트랙 따윈 필요 없다. 있는 힘껏 쥐어짜서 잔뜩 곡을 채운 베스트 앨범은 사고 싶지 않다.

많이 들어 있다고 좋은 게 아니다. 뭐든지 적당량이 좋다. 커피도 마찬가지다. 나는 모든 것에 있어 마침맞은 커피를 만들고 싶다. 10곡 38분의 소품 같은 커피가 내 목표다.

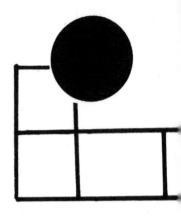

차표를 산다

늘 차표를 사서 전철을 타는 지인이 있다. 이유를 묻자 "표를 갖고 있는 게 좋으니까." 그 대답에 넋을 잃었다. 이후 나도 차표를 사서 전철에 오른다.

다시 차표를 사게 되면서 당연한 말을 떠올렸다. 전철을 탄다는 것은 이동한다는 뜻이구나. 교통카드로 삑 소리를 내며 개찰구를 통과해 휴대전화로 검색한 대로 전철을 갈아타면 아무 생각 없이도 목적한 역까지 도착한다. 차표는 다르다. 사기에 앞서 노선도를 보고 운임을 확인하는 행위가 발생한다. 그것만으로 어디서 어디로 이동하는지를 실감할 수 있다.

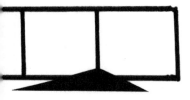

쇼핑은 신용카드가 아니라 현금으로 하고 싶다. 현금은 사용하면 없어지는 것이 눈에 보이니까. 또 책은 종이책을 사고 싶고 음악은 레코드나 CD를 사고 싶다. 장정이나 재질을 즐길 수 있을 뿐더러 무엇보다 손으로 그 무게를 느낄 수 있다.

합리적이라든가 낭비가 없다든가 완벽하다든가 하는 생각은 이제 그만하면 됐다고 여기게 된 건 차표를 사면서부터인지도 모르겠다.

사실 표를 살 때 우물쭈물하는 바람에 동행을 기다리게 하거나 전철 한 대를 그냥 보내기도 한다. 때론 표를 잃어버려 허둥지둥하기도 한다. 그런데도 나는 차표를 산다. 손바닥에서 느껴지는 가볍디가벼운 무게를 소중히 하고 싶어서.

길을 헤매도 보자

다양한 고장의 안내 책자를 출판하는 문필가 지인이 있다. 그
녀의 책에는 소개하는 가게나 장소를 알려주는 지도가 없다. 왜
지도를 싣지 않느냐고 물었더니 이렇게 대답했다. "주소를 알면
스스로 조사할 수 있는 데다 되도록 길을 헤매면서 목적지에 도
착했으면 좋겠어. 그러는 사이 뜻밖의 발견이 있을지도 모르니까."

나는 10년 동안 여행사에서 근무해서인지 효율 높게 여정을
마무리하는 일만 생각해왔다. 그래서 그 말이 순간 마음에 쿵 하
고 와닿았다.

지금의 세상은 헤매지 않도록, 틀리지 않도록 만들어져 있다.

지도 앱이 있으면 처음 가는 곳이라도 길을 잃어버리지 않는다. 쇼핑을 하기 전에 인터넷으로 가격과 기능을 비교해 싸면서도 인기 높은 상품을 산다. 영화를 보기에 앞서 또는 책을 사기에 앞서 인터넷 댓글이나 별점을 확인해 평판 좋은 작품을 고른다. 음악은 인터넷으로 미리 듣고 나서 앨범 속 마음에 드는 곡만 내려받는다. 다들 영리해진 탓에 궤도에서 벗어나고 싶어도 좀처럼 벗어나지 못한다.

하지만 학창 시절, 들어보지도 않고 재킷만으로 선택한 레코드가 제일 좋아하는 작품이 된다거나(대실패도 있었지만) 처음에는 딱히 취향이 아니었던 곡이 자꾸 듣다 보니 그 앨범에서 가장 마음에 드는 곡이 된 적이 있다. 자신이 좋아하는 것만 고르고 고르다 보면 '미리 정해진 어울림'밖에 만나지 못한다. 우리는 모르는 것을 알게 되기에 감동한다. 게다가 이해관계만을 따지다 보면 막상 좋아하는 것을 보더라도 손에 쥐기를 머뭇대기 십상이다.

목적지까지 최단으로 도착하는 쪽도 좋지만, 길을 잃거나 틀리면서 만나는 사람과 풍경 그리고 사건이 더한층 기억에 남기도 한다. 늘 똑같은 길을 걷는 편도 나쁘지 않지만, 헤맨 끝에 소중한 무언가를 찾아내기도 한다.

가게를 하고 있으면 결단의 매일이다. 이 방식은 잘못됐을지도 몰라. 저쪽 길이 옳았을지도 몰라. 하루하루 후회의 연속이라 무심결에 효율이니 성능대 가격비니 하는 말 따위에 현혹되고 만다. 그럴 때 헤매는 과정에서 좋은 인연을 만나기도 하고 귀중한 물건을 얻기도 한다는 사실을 마음 어딘가에 새겨두면 헤매는 일도 즐거워지고 마음도 편안해진다.

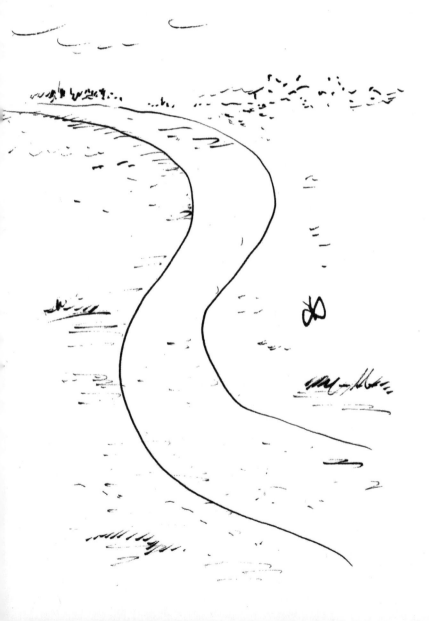

모자란 듯한 정도가 딱 좋다

망설여지면 사지 않도록 하고 있다. 망설인다는 것은 꼭 원한다는 뜻이 아니니까. 가격 때문에 미적대도 안 산다. 뭔가 빚을 짊어지는 느낌이 들어 마음이 무거워진다면 자신에게 그다지 필요한 물건일 리 없다.

평균의 회사원 가정에서 자랐다. 가난하지는 않지만 여유가 있지도 않은 극히 평범한 가정. 어머니의 입버릇은 "아까워"로 정말 필요한 것 이외는 절대로 사주지 않았다. 덕분에 쓸데없는 쇼핑이나 물건을 함부로 대하는 행위에 죄책감을 느끼는 어른이 되었다. 좋은 일만은 아니지만 참을 줄도 알고 포기할 줄도 아는 습

성이 어느새 몸에 배었다.

요즘 참고 견디는 게 좋지 않다는 풍조가 있다. 싫으면 그만
두고 마음 가는 대로 살면 되는 거야. 언뜻 상냥한 듯 보여도 정
말이지 무책임한 말이다. 진심으로 상대를 생각한다면 그런 말은
나오지 않는다.

나는 원하는 것이 별로 없다. 잔뜩 갖고 싶지도 않다. 필요한
것만 최소한도로 있으면 된다. 조금 모자란 듯한 정도가 딱 좋다.

호기심은 필요한 걸까

나는 신기한 일이 있으면 그냥 "신기하네" 하고 끝내버리는 아이였다. "어떻게 비행기는 날 수 있지?"라고 생각하지 않고 "굉장하구나, 비행기는. 하늘을 날잖아"라고 생각하는 성격이었다.

책을 많이 읽긴 해도 내용은 곧장 잊어버린다. 메모를 하지도 않고 숫자나 고유명사나 제목 따윈 처음부터 아예 기억할 마음이 없다. 지식을 얻기 위해 읽는 게 아니라 그저 책이 좋아서 읽을 뿐이다. 이렇게 말하면 한 귀로 듣고 한 귀로 흘려버리는 것처럼 보일지 모르지만, 뜻밖에도 그렇지 않다. 알지 못하는 사이에 내 마음속에 뭔가가 쌓이고 있다. 뭘 얻으려고 의식하지 않는 만큼 무

의식에 남아버린 그것은 순도가 높다.

호기심은 필요한 것일까. 무언가를 느끼는 마음은 필요해도 그 이상의 호기심이란 감정은 딱히 없어도 좋을 듯한 기분이 든다. 호기심은 역시 의식적이다. 그래서 그 감정이 충족되면 또 다른 새로운 것에 의식을 돌린다. 이걸 어려움 없이 자연스레 행하는 사람은 훌륭하다. 하지만 아름다운 것을 그저 순수하게 아름답다고 생각하는 사람도 굉장하다.

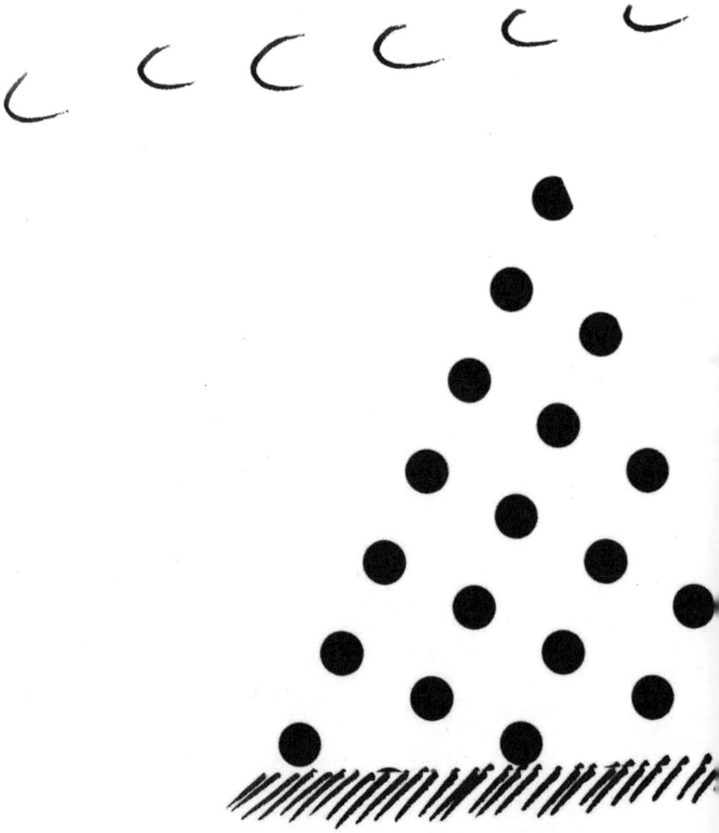

정상까지 오르지 않아

일등을 목표로 삼으라고 교육받았다. 일등이 되지 않으면 안 된다는 생각은, 강한 적을 쓰러뜨리면 앞에 더 강한 적이 나타나고 수행을 거듭해 그 적을 쓰러뜨렸더니 더한층 강한 적이 등장하는 장기 연재의 소년만화처럼 끝없는 순환에 들어가 버릴 가능성이 있다. 이왕이면 싸우지 않고 친해지면 어떨까. 그러면 수행할 필요도 없고 점점 친구도 늘어날 텐데. 좋지 아니한가. 만화 줄거리로는 영 아니겠지만 말이다.

시작했으니 반드시 끝까지 해내야 한다는 마음가짐. 이것 역시 성가신 이야기다. 물론 좋은 생각이기는 한데, 완수하지 못했

다고 해서 나쁘다고 말하는 건 아니지 싶다. 도중에 잘못 시작했다 싶으면 그만두는 것도 용기다. 아무런 노력도 하지 않고 집어치우는 짓은 말할 거리도 안 되지만.

정상까지 올라가면 거기서 일단 끝난다. 맨 꼭대기까지 올라가고 난 다음에는 내려가는 일만 남는다. 그러니 경치 좋은 곳까지 왔다면 그 이상 올라가지 말고 그 자리를 즐겨도 좋지 않을까. 다른 풍경이 보고 싶어지면 다시 걷기 시작하면 된다. 왔다 갔다 하는 동안 인생은 끝나간다.

잡담력

　매일 혼자서 궁리한다. 하지만 좋은 아이디어가 나오는 일은 거의 없다. 애초 아이디어는 아무것도 없는 곳에서 갑자기 솟아나지 않는다. 내 안에 축적된 것이 짜 맞추어지면서 우연한 순간에 나올 뿐. 머릿속에 있건만 깨닫지 못하는 아이디어도 꽤 있다.

　나는 잡담을 하는 도중에 아이디어가 제일 많이 떠오른다. 차를 마셔도 좋고 술을 마셔도 좋은데 너무 많은 사람이 아닌 몇 명이 모여 이야기를 나눌 때, 특히 자신과 다른 일이나 생활을 하는 사람들과 대화를 주고받을 때 잠들어 있던 지식이나 경험이 불쑥 깨어나곤 한다. 상대방에게 전하고 싶은 말을 할 때 머리는 전력

으로 일한다. 유독 매력적인 사람들과 이야기하고 있으면 나도 모르는 사이에 사고의 속도가 올라간다.

도쿄에서 일을 하게 됐을 무렵, 만나는 사람마다 의식도 높고 감각도 좋고 지식도 풍부해 당황했다. 실없는 잡담을 늘어놓는데도 정신을 집중하지 않으면 이야기를 따라가지 못했다. 뭐 그럭저럭 감각이 좋은 편 아닌가. 우쭐대던 자신의 어리석음을 깨닫는 아주 좋은 시간이었다. 그들과 제대로 얘기하려면 어떻게 해야 할지 진지하게 고민하게 됐으니까.

물론 초등학생 시절부터 아는 친구들과의 잡담은 즐겁다. 함께 나고 자란 동지끼리는 말이 아닌 무언가를 공유하기 때문이다.

인간의 사고나 기호는 치우치기 쉽다. 나이를 먹을수록 시야는 점점 좁아진다. 그래서 의식해 넓히려고 노력해야 한다. 같은 곳에 쭉 있으면 마음은 편해도 성장하지는 않는다. 반면 성장하는 일만 생각하면 발밑에 있는 소중한 것을 잃어버린다. 미래를 위한 장소와 과거부터 지금에 이르는 장소, 모두 중요하다.

이때 필요한 것이 잡담력인데, 잡담력이란 누군가가 말을 던지면 그 말을 받아 그 사람에게 돌려주는 힘이다. 자신의 이야기만 해서도 안 되고 그냥 상대방의 이야기만 들어도 안 된다. 일방

통행인 대화는 재미없으니까. 그럼 잡담력을 기르려면 어찌해야
할까? 우선 균형 감각을 갖춰야 한다. 균형 감각이 몸에 익으면
잡담하는 와중에 아이디어가 쑥쑥 솟아난다.

남이 결정하는 '나'

내 입맛에 맞게 내린 커피를 아내가 마시면 으레 "연하네"라고 말한다. 아무래도 나는 연한 커피를 좋아하는 것 같다. 다른 사람한테 듣고 나서야 처음으로 자신의 취향을 제대로 알게 되는지도 모르겠다. 나는 이걸 좋아한다고 생각했는데 의외로 그렇지 않을 때가 있다. 이론적으로 좋아하는 이유를 확실히 설명하는 경우, 그걸 좋아하는 자신으로 있고 싶어서이기도 하다. 정말 좋아한다면 좀 더 무의식적이고 무자각하기에 스스로 잘 알아차리지 못하는 법이다.

문득 어린 시절에 불리던 별명을 자기 스스로 붙인 친구는

거의 없었던 게 생각났다. 이렇게 불러줬으면 좋겠다고 먼저 제안한 동급생이 있긴 했지만, 그가 원하는 별명은 끝내 자리 잡지 못했다. 분명 아이들 나름대로 어렴풋한 규칙이 있어 상대방을 감각으로 파악해 별명을 붙였지 싶다.

뭐든지 이유를 갖다 붙이면 갑자기 시시해진다. 나는 '어쩐지' 하는 감각을 소중히 하고 싶다. 그리고 남이 말해주는 것을 진지하게 듣는 귀를 갖고 싶다. 다른 사람으로부터의 평가는 영락없이 자신을 맞춘다. 자신의 존재는 자신이 결정하지 않는다. 바로 타인이 정해준다.

작은 목소리에 귀 기울이면

나는 작은 목소리를 놓치지 않도록 주의하고 있다. 작은 목소리는 큰 목소리에 비해 중요하지 않다고 여겨버리거나 목소리가 큰 사람이 있으면 그 사람의 의견을 그냥 따라버리기 일쑤다. 하지만 작은 목소리일지라도 큰 목소리와 마찬가지로 목소리다. 크냐 작으냐 따윈 상관없다.

사실 목소리가 큰 사람이 거북하다. 큰 목소리의 사람과 이야기를 하면 왠지 위축된다. 게다가 큰 목소리는 귀에는 들어와도 마음까지 닿는 일이 드물다.

세상에는 여러 목소리가 있는 편이 좋다. 자신과 가치관이 다

른 사람의 목소리를 듣기란 힘든 일이지만, 편견 없는 마음으로 귀를 기울이고 싶다. 그리고 미처 목소리가 되지 못한 목소리도 알아채는 사람이 되고 싶다.

상대방의 목소리를 듣고 자신의 목소리를 전하는 것은 중요하다. 큰 목소리도 작은 목소리도 귀를 열고 제대로 듣도록 하자. 자신과 다른 목소리를 들을지언정 결코 비판해서는 안 된다. 자신은 절대로 상처 입지 않는 곳에 있으면서 누군가를 상처 입히는 비겁자만은 되고 싶지 않다.

나는 소중한 내용을 전하고 싶을 때는 마음을 담아 살짝 속삭인다. 작은 목소리에 귀를 기울이면 진짜로 소중한 마음이 들려온다.

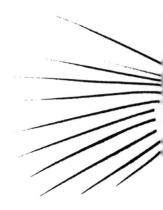

불완전한 세계에서 살고 싶어

내 방 창문에서 보이는 산과 그 산 반대편에 사는 사람의 방 창문에서 보이는 산은 같은 산이긴 해도 다른 모습을 하고 있다. 하나의 이름을 가진 산이건만 눈에 비치는 모습은 전혀 다르달까.

같은 것이라도 입장이나 상황에 따라 사람마다 다르게 보인다. 사람의 눈은 보고 싶은 것만 보게끔 되어 있다. 옳다고 생각해도 그것은 지금 자신이 보고 있는 세계에서의 일로, 모든 사람이 똑같이 생각하지 않을뿐더러 1년 후에도 그 생각이 그대로일지조차 의심스럽다. 한쪽에서만이 아니라 여러 각도에서 바라봐야만 비로소 일의 본질이 보이는 법이다.

　'아마', '필시', '~겠지', '~같다'. 이런 애매한 표현을 즐겨 쓴다. 다른 사람에게 뭔가를 전하고 싶을 때는 별 효력이 없는 말들. 사람은 단정적인 표현이 아니면 잘 믿지 않으며 귀 기울여주지 않는다. 하지만 나는 역시 단언하는 말을 잘 못하겠다. 앞으로도 단언하는 일이 없을 텐데, 왜냐하면 모자란 인간이라서 하는 말이 끊임없이 바뀔 게 뻔하니까. 흑백이 확실하지 않은 모호하고 불완전한 세계에서 나는 살아가고 싶다.

자신의 차례가 왔다

결혼했을 때 잠깐 진지하게 돈을 벌어야겠다고 생각했고, 아이가 생겼을 때 각오가 생겼다. 그렇게 비로소 미래를 진지하게 고민했다.

부모님 덕분에 나는 아무런 불편 없이 성인이 됐다. 그러니 이번에는 내 차례였다. 부모의 의무라든지 책임이라든지 따위의 말을 하려는 게 아니다. 그런 일을 떠올리기 시작하면 중압감에 눌려버린다. 자신의 순서가 왔으니까 해야 할 일을 할 뿐이다. 간단하게 생각하기로 했다.

순서가 됐는데도 "나는 이게 하고 싶으니 사양할게요"라고 말하면 사회는 곤란해진다. 한 사람쯤 별 영향 없을 거야. 모두가 그렇게 여기고 안 하면 영향을 끼치네 마네 할 소동을 훌쩍 넘겨버린다. 대세는 한 사람 한 사람의 집합체이기 때문이다. 순서를 지키면 좋은 일도 있다.

　나는 가족이 생기면서 먹고살기 위해 여러 가지 일을 하지 않을 수 없었다. 아이가 성년이 되려면 아직 멀었고 주택담보대출도 많이 남았다. 부모도 나이를 먹고 집도 늙어간다. 앞으로 더욱 돈이 필요하겠지만 불안하지는 않다. 자신의 차례가 왔다. 단지 그뿐이니.

육아는 자기 성장

나는 아이가 둘 있다. 여자아이와 남자아이. 아이는 부모를 선택할 수 없으니 같이 살아주며, 하찮은 일로 혼내기도 하고 잘난 척 설교하기도 한다. 하지만 주의를 주는 내 쪽이 잘하지 못하는 일도 잔뜩 있을뿐더러 도리어 아이들 쪽이 착실하게 하는 일도 제법 많다.

인사해라. 정리해라. 감사해라. 어떤 일이든 열심히 해라. 거짓 말하지 마라. 아무리 생각해봐도 무엇 하나 제대로 지키고 있지 않다. 아이들에게 말하면서 자신을 향해 말하고 있는지도 모른다.

아이가 있어 참 다행이다. 모든 게 자기 맘대로 되지 않는다는 당연한 일을 배웠다. 그렇다, 육아는 자기 성장이다.

　아이들이 행복하게 복숭아를 먹는 모습을 보면 나도 모르는 사이 미소를 짓는다. 부모란 그런 존재다. 문득 생각나서 다자이 오사무의 「앵두」를 다시 읽었다. 예전에 읽을 때는 시시하다고 생각했던 그 말 전부가 마음에 스며들어 번졌다.

웃으면서 살아가자

자신을 믿어주길 바란다면 상대방을 믿어야 한다. 이쪽이 신용하지 않으면 저쪽은 더욱더 신용하지 않는다. 신뢰받기 위해 신뢰한다. 보통 사람이 할 수 있는 건 그것밖에 없다.

친구를 믿는다. 가족을 믿는다. 손님을 믿는다. 일과 관련된 사람을 믿는다. 때론 배신당하는 일도 있겠지만 배신하기보단 배신당하는 편이 훨씬 낫다. 배신당하면 슬프긴 해도 마음은 강해진다. 배신하면 마음은 탁해진다. 반드시 자신을 믿어주는 사람은 있다. 어디를 보고 살아가느냐, 그로 인해 인생은 결정된다.

무엇보다 중요한 건 자기 자신을 믿는 일. 자신을 믿는 강한

마음이 있으면 배신하려는 사람이 있다손 치더라도 너그러이 받아들일 수 있다.

　나는 아름다운 것만 보고 살아가고 싶다. 이 세상에는 아름답지 않은 것이 많이 있음을 알면서도. 타인을 비웃기보단 비웃음을 사는 쪽이 좋다. 누군가를 비웃지 않고 함께 웃으며 걸어갈 수 있다면, 그게 제일이다.

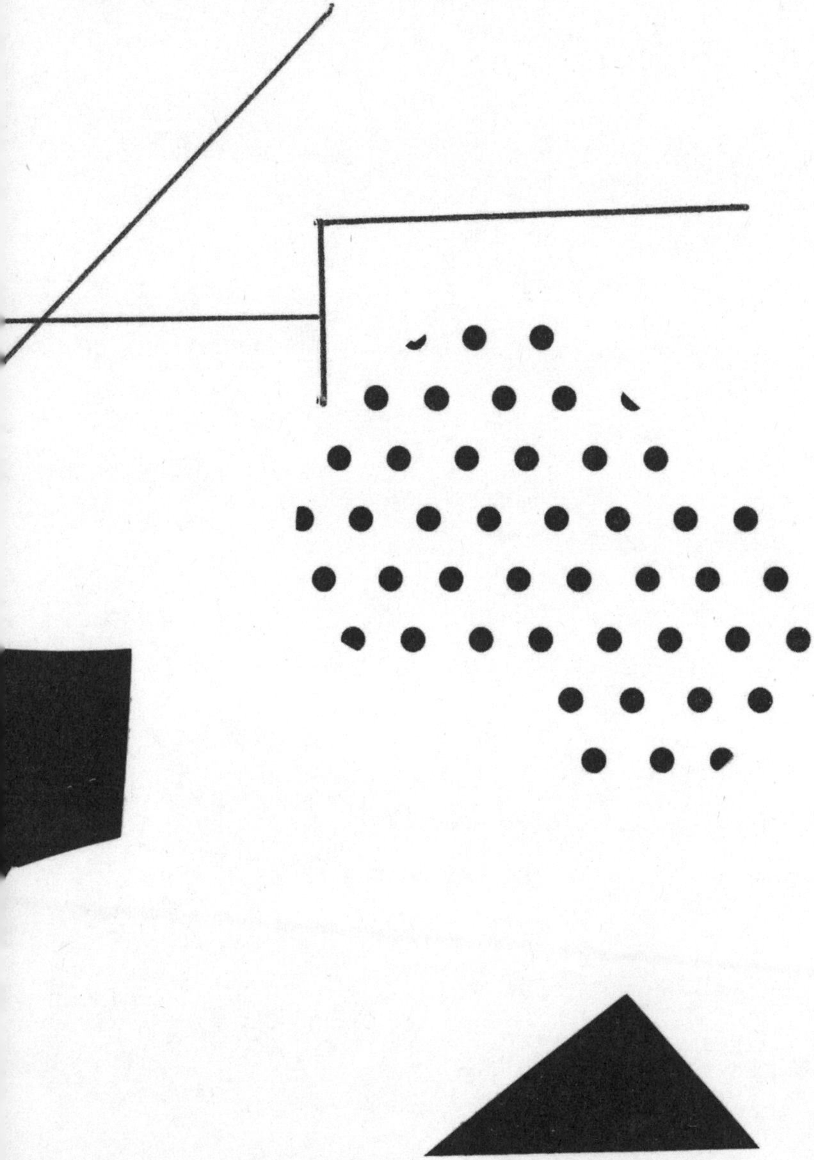

지도 없는 여행

"커피 가게가 커피만 이야기하면 못써요. 좋은 음악을 듣거나 맛
있는 음식을 먹거나 좋은 물건을 잔뜩 접해서 자신의 감각을 높
여가지 않으면."

처음 만났을 때 쇼노 유지 씨가 한 말이다. 여기서 '커피'라는
단어를 '그림'이나 '디자인'으로 바꾸면 일러스트레이터인 내가 자
신에게 필요하다고 생각했던 것과 같다. 우리의 직업은 특별한 자
격도 없고 올바른 방법을 누가 가르쳐주지도 않는다. 40대에 들
어섰어도 일이라는 여행을 하며 느끼는 바가 쇼노 씨와 나는 동일
했지 싶다.

그 뒤 이따금 둘이서 '살아가는 형태'라는 제목으로 토크 이벤트를 열고 그때그때의 생각을 이야기했다. 나이는 두 살쯤 내가 위지만 거의 동세대인 우리는 서로 뭔가를 탐색하거나 확인하면서 각자 흐릿해진 '살아가는 형태'의 윤곽을 조금씩 또렷이 했다. 지도를 손에 쥐지 않은 채 여행을 해온 우리에게 있어 과거의 실패담을 말하고 다음 계획을 함께 세우는 과정은 앞으로도 계속될 인생이라는 여행에서 큰 힘이었다.

새삼스레 이 책에 적힌 쇼노 씨의 말을 훑어보니 역시 수많은 '살아가는 형태'가 넘쳐흐른다. 다른 일을 하는 나도 공명하는 대목이 있으니 또 다른 일을 하는 사람도 공감하는 대목이 틀림없이 있으리라.

다만 이 책은 비즈니스 책도 노하우 책도 아니다. 애초 '살아가는 형태'는 사람마다 다르다. 정말 올바른 답은 어쩌면 전부 이 책 반대편에 있을지도 모른다. 이런 짓궂은 생각도 해본다.

설명서가 없는 곳에서 살아온 우리인 만큼 만약 나나 그가

젊었을 적에 이런 책을 만났다면 어땠을까. 둘 다 완전히 반대의 일을 감히 하고 있으려나. 그래도 그 길 어딘가에서 쇼노 씨와 만나지 않았을까. 이렇게 생각하는 이유는 책 속에 담긴 세상사에 대한 그의 다양한 해석이나 아이디어 때문이다.

　쇼노 유지라는 한 인간의 중얼거림 같은 이 책을 안내서 삼아 덧그리며 살아도 되고 또 정반대로 살아도 된다. 어쨌든 인생은 신기하고 즐거울 테니. 이 책은 그런 계기로 가득 차 있다.

오쓰카 이치오

Q1. 『아무도 없는 곳을 찾고 있어』가 나온 지 3년이 다 되어갑니다. 책 속에서 말한 커피 가게 주인으로서의 일상은 여전한지요?

　　가게 문을 여는 날(아알토커피의 정기 휴일은 일요일과 월요일)이면 늘 아침 일찍 일어나 커피콩을 볶고 포장을 하며 정오 12시부터 저녁 6시까지 매장을 지킵니다. 그사이 틈틈이 음악을 듣거나 책을 읽거나 블로그에 가게 소식을 전하지요. 일이 끝나면 술을 마시고요. 같은 일을 같은 자리에서 되풀이하는 매일입니다. 참, 요사이 단편소설을 쓰기 시작했습니다.

Q2. '아알토커피'를 막 연 10여 년 전과 비교하면 일본 커피 업계의 제일 큰 변화는 무엇인가요?

　　이곳저곳에서 커피를 흔히 볼 수 있게 됐다는 점입니다. 편의점이라든지 회전초밥집 같은 데서도 이제 드립 커피를 내놓는 시대니까요. 그리고 대형 가맹점의 커피가 맛있어졌습니다. 그렇다고 전보다 커피콩이 대중과 가까워졌다는 뜻은 아닙니다. 여전히 커

위> '아알토커피'의 주인장 쇼노 유지.
아래> 자택 겸 점포를 겸한 가게, 커피콩을 바지런히 볶아내는 로스터기 '아알토 군'.

피 가루가 가장 많이 팔리거든요. 커피콩이 아니라 커피가 널리 보급된 상태라고 생각합니다.

Q3. "자영업은 당연한 일을 하루하루 같은 마음으로 할 수 있느냐 그렇지 않으냐"가 중요하다고 했는데, 그 변화 속에서도 지금까지 지키는 마음가짐이 있다면요?

개업 초기부터 매일 마셔도 몸과 지갑 모두에 상냥하면서도 그럭저럭 맛있는 커피를 목표로 삼고 있습니다.

Q4. 그럭저럭의 마음은 무척 중요해 보입니다. 작은 가게를 꾸려가는 데 있어 자신만의 아이디어가 중요하잖아요? 새로운 아이디어를 어떻게 찾는지 궁금하네요.

지금은 딱히 떠오르는 아이디어가 없네요. 저는 평범한, 진짜 평범한 사람인지라 '이것이 있으면 좋겠는데' 하는 자문자답을 거듭하며 새로운 아이디어를 찾습니다. 커피에 어울리는 빵을 같이

위> 잡화점처럼 갖가지 생활용품이 전시된 쇼노 유지의 또 다른 가게 '14g'.
아래> 깔끔한 디자인이 돋보이는 패키지, 미술 전시와 음악 공연이 열리는 문화 공간이기도 하다.

내면 어떨까? 맛있는 카레를 먹으면 커피가 마시고 싶어지는데 어떤 커피가 좋을까? 커피를 마실 때 어울리는 음악은? 결국 자신이 유일한 손님의 목소리라 생각하며 고민할 뿐입니다.

Q5. 아무런 경험 없이 지방에서 10년 넘게 커피 로스터로 살아온 이야기가 무척 흥미로웠습니다. 지방 도시에서 자영업자로 살아가려면 어떻게 해야 할까요?

지방 도시에서 가게를 줄곧 해나가기 위해서는 두 가지 방법이 있다고 생각합니다. 살고 있는 마을 공동체에 푹 녹아들거나 아니면 홀로 서는 것. 전자라면 빠른 시간 내에 가게가 자리를 잡겠지요. 후자라면 시간은 좀 걸리겠지만 자신이 마음에 그리는 일을 이룰 가능성은 큽니다. 어느 쪽이 옳은가가 아니라 어느 쪽이 자신에게 맞는가. 그 판단을 정확하게 하는 것이 중요합니다.

Q6. 『커피와 소설』 『커피와 수필』 등 '커피와 어울리는 문학'이란

주제로 책을 냈다고 들었는데, 한국 독자들에게 커피와 어울리는 소설을 추천해준다면?

우선 레이먼드 카버가 있겠네요. 단편소설을 주로 발표했으니 한 편 정도는 커피를 마시면서 거뜬히 읽을 수 있습니다. 그리고 가브리엘 가르시아 마르케스. 그의 단편은 실로 아름다우니까요. 마지막으로 제가 제일 좋아하는 작가인 사카구치 안고의 단편집입니다.

Q7. 자신의 가게를 시작하려고 마음먹은 한국 독자에게 꼭 전하고 싶은 메시지가 있다면 말씀해주세요.

책에서도 말했듯 진짜 나의 모습은 남이 결정해주는 것일지도 모릅니다. 옷이나 머리 모양과 마찬가지로 자기 자신에게는 보이지 않으니까요. 가게도 그렇습니다. "여기는 이런 곳이군요" 하고 손님이 정해줍니다. 그렇기에 더더욱 '이렇게 되고 싶다'라는 자신의 뼈대를 소중히 여기세요. 그럼 괜찮을 겁니다. 반드시.

아무도 없는 곳을 찾고 있어

초판 1쇄 발행 2018년 10월 25일

지은이 쇼노 유지
그린이 오쓰카 이치오
옮긴이 안은미

펴낸이 이정화
펴낸곳 정은문고
등록번호 제2009-00047호 2005년 12월 27일
주소 서울시 마포구 서교동 473-10 503호
전화 02-392-0224
팩스 02-3147-0221
이메일 jungeunbooks@naver.com
페이스북 facebook.com/jungeunbooks
블로그 blog.naver.com/jungeunbooks

ISBN 979-11-85153-26-1 03830

책값은 뒤표지에 쓰여 있습니다.
이 도서의 국립중앙도서관 출판예정도서목록(CIP)은
서지정보유통지원시스템 홈페이지(http://seoji.nl.go.kr)와
국가자료종합목록시스템(http://www.nl.go.kr/kolisnet)에서 이용하실 수 있습니다.
(CIP제어번호: CIP2018031975)